रेल लोकोमोटिव का भूत

अनबाउंड स्क्रिप्ट का उपक्रम

रेल लोकोमोटिव का भूत

प्रथम संस्करण : जनवरी, 2025

ISBN : 978-93-48497-24-6

प्रकाशक : अनबाउंड स्क्रिप्ट
2/41, अंसारी रोड,
दरियागंज, दिल्ली - 110002

वेबसाइट : **www.unboundscript.com**
ई-मेल : **books@unboundscript.com**
फोन नं. : **011-35807601**

Rail Locomotiv Ka Bhoot
Written *by* Sumit Sinha

मुद्रक : यश प्रिंटोग्राफ़िक्स, नोएडा, उ.प्र.

मूल्य : ₹ 249/-

रेल लोकोमोटिव का भूत

सुमित सिन्हा

युवान बुक्स

कच्ची सड़क पर वह आख़िरी घर

1992, बिहार का एक छोटा सा क़स्बा, जमालपुर। गाड़ी स्टेशन पर रुकी, मैं ट्रेन से उतर कर स्टेशन के बाहर आ गया। धनिराम दादा स्टेशन पर ही खड़े थे। इससे पहले कि मैं कोई रिक्शा या गाड़ी ढूँढता, दादा पैदल ही निकल गए, मैं भी उनके साथ चल पड़ा। दादा और मैं स्टेशन से निकलकर पैदल चलने लगे। इस शहर की ख़ुशबू और आबोहवा से मैं वाक़िफ़ था भी और नहीं भी क्योंकि मेरा जन्म तो इसी गाँव में हुआ था लेकिन कुछ ही सालों के बाद बाबा का ट्रांसफ़र हो गया और मुझे बोर्डिंग स्कूल भेज दिया गया। इस शहर से संबंध होते हुए भी मेरे लिए यह सब बिल्कुल नया था। वह तो भला हो मेरे फ़िल्ममेकिंग के भूत का जो सिनेमा देख-देख कर मेरे सर पर चढ़ा रहा और आज इतने दिनों के बाद, इस गाँव में आने का संयोग हुआ। मैं एक हॉरर फ़िल्म बनाना चाहता हूँ और सच्ची कहानियाँ ढूँढते हुए मैं यहाँ तक पहुँच गया।

धनिराम दादा से मैं एक सेमिनार में मिला था, "पारा – साइकोलॉजी" के उस सेमिनार में वह चीफ़ गेस्ट थे लेकिन वहाँ चीफ़ गेस्ट की एक कुर्सी ख़ाली रह गयी थी, जिस पर लिखा था 'श्री अभीर सिंह जी', अगर मेरी मुलाक़ात उनसे वहीं हो गयी होती तो शायद मैं यहाँ आता भी नहीं, जो मेरे लिए एक घाटे का सौदा होता। गाँव की ऊबड़-खाबड़ पगडंडियों पर चलते-चलते मेरे पैर थक रहे थे, और समान ढोते-ढोते मेरे हाथ। बड़ी देर से, मैं दादा से कहना चाह रहा था और आख़िर में मुझसे रहा नहीं गया मैं दादा से बोल पड़ा "दादा! ग़लती हो गयी, रिक्शा ले लेना चाहिए था!" दादा ने मेरी तरफ़ ऐसे देखा कि मैं अजायब घर में रखी हुई हड़प्पा की खुदाई से निकली हुई कोई मूर्ति हूँ, फिर मुस्कुराते हुए कहा "बिदेसी खाना खा-खाकर सरीर को ख़राब कर लिए हैं दिवाकर बाबू, बस यहीं दो कदम पर ही तो है।" ऐसा लग रहा था कि यह दो-दो क़दम करके अब तक शायद पूरे दो सौ किलोमीटर चल चुका था मैं। चुपचाप चलते रहने के अलावा मेरे पास और कोई रास्ता नहीं था।

गाँव में बिजली की तारें तो दिख रही थीं मगर बिजली नहीं थी, छोटे-छोटे घरों में जलती ढिबरी और लालटेन इस बात का सबूत थे। मैं और दादा कभी सीधी लंबी सड़क पर चलते तो कभी टेढ़ी-मेढ़ी पगडंडियों पर चलते हुए सँकरी गलियों से गुज़रते। कहाँ जा रहे थे कुछ भी समझ नहीं आ रहा था बस एक ही आशा थी कि '....बस दो कदम पर ही तो है'। जैसा सोचा वैसा ही हुआ दादा ने मेरी और देखा और मुस्कुराते हुए कहा "हाहाहा! .... बस दो कदम और।"

खेत की पगडंडियों पर चलते हुए मैं अपने चेहरे पे हल्की और ठंडी हवा के झोंके महसूस कर रहा था। शाम ढल चुकी थी और हवा में ठंडक बढ़ रही थी। हम एक दीवार के पास से दाहिने मुड़ने ही वाले थे कि दादा अचानक से ठिठक कर रुक गए। मेरे सामने हाथ करके उन्होंने मुझे आगे बढ़ने से रोक दिया। उन्होंने चारों तरफ़ ऐसे देखा जैसे कि कुछ अजीब था वहाँ। उनकी नज़र जिधर भी घूम रही थी, उस तरफ़ मैंने भी अपनी नज़र दौड़ा दी लेकिन मुझे कुछ भी नहीं दिखा, हाँ वातावरण में एक अजीब-सा

सन्नाटा ज़रूर था। अब तक सब कुछ ठीक था, मेरी सिट्टी-पिट्टी तब गुम हो गयी जब दादा कुछ अजीब तरीक़े से बुदबुदाने लगे और कहा "तुम आगे चलो।" यह कैसा अजीब-सा बर्ताव था, मैंने सोचा लेकिन जैसे ही मैं मुड़ा, मेरे कदम जैसे जम से गए। घुप्प अंधेरा और आगे एक और लंबा रास्ता। वैसे रास्ता तो छोटा ही था लेकिन मेरे लिए वह मेरे जीवन का सबसे लंबा रास्ता था जो एक छोटे-से मकान के पास जाकर ख़त्म हो रहा था। अजीब-सा अंधेरे में डूबा हुआ मकान और बाऊँड्री वाल पर जलती हुई एक ढिबरी। तिनके तक की भी आवाज़ नहीं थी। माहौल की गंभीरता को समझते हुए, दादा के कहे अनुसार मैं बहुत धीरे-धीरे आगे बढ़ने लगा। जैसे ही मैंने क़दम उस घर की तरफ़ उठाया, मुझे पीछे से किसी के बात करने की आवाज़ आयी, पीछे पलटा तो देखा दादा अभी भी वहीं, अकेले खड़े किसी से बात कर रहे थे। अब मुझे डर लगने लगा। एक तरफ़ सन्नाटे में वो आख़िरी घर और दूसरी तरफ़ पता नहीं किससे बात करते हुए दादा। मैंने सोचा काश कि यह सब एक बुरा सपना होता लेकिन दुख इस बात का था की सब कुछ वास्तव में घट रहा था, सच था, मेरे प्राणों जितना सच, जो जैसे अब निकलने ही वाले थे। जैसे मेरे पैरों में पक्षाघात हो गया था। मैं अपने पैर महसूस ही नहीं कर पा रहा था। तभी अचानक किसी ने मेरे कंधे पर हाथ रखा और कहा 'दिवाकर..!' मैं जैसे ही पीछे पलटा, तो एक अधेड़ उम्र का आदमी मेरे पीछे, तिलक लगाए खड़ा था। चेहरे पर मुस्कुराहट और माथे पर एक दैविक तेज, जिसे देखते ही मेरे अंदर की सारी नकारात्मकता चली गयी। मुझे अब किसी भी चीज़ से डर नहीं लग रहा था। दादा की भूतखेली को भी मैं भूल चुका था। मैं उनके साथ उस आख़िरी घर की तरफ़ चल पड़ा। घर पर एक पुराना नेमप्लेट लगा था- इंस्पेक्टर अभीर सिंह।

हम दोनों गेट से अंदर आए, उन्होंने जूते के रैक की तरफ़ इशारा किया। समान एक कोने में रखकर मैं जूता उतारने लगा तो दादा भी तब तक गेट के अंदर आ गए। आते ही जैसे उनके अंदर की भी सारी नकारात्मक ऊर्जा, जिससे वह थोड़ी देर पहले गुफ़्तगू कर रहे थे, उड़न छू हो गयी। उन्होंने

सन्नाटे को तोड़ते हुए कहा “परनाम मेहमान! यही दिवाकर है, बताए थे ना!,” अभीर सिंह मुस्कुरा कर गमछे से हाथ पोंछते हुए मेरी तरफ़ गर्व से देखने लगे। मैंने अपने जूते रैक पर रखते हुए जवाब में कहा “प्रणाम! पटना में पत्रकार हूँ, लेकिन सिनेमा लिख रहा हूँ, भूत-प्रेत बाधा पर। धनीराम दादा से पटना यूनिवर्सिटी के एक सेमिनार में मिला था, वहीं पता चला कि… आप... अ…” “…कि हम भूत पकड़ते हैं?” जीजाजी ने तुरंत बात पूरी करते हुए कहा। जीजाजी की बात सुनते ही मैं थोड़ा सकुचा गया “नहीं... नहीं जीजाजी... मेरा मतलब..!” दादा ने मेरे कंधे पर हाथ रख के ढाढ़स बँधाते हुए कहा “अरे मेहमान! काहे बच्चा को डरा रहे हैं, पहले ही डरा हुआ है। आपका बहुत बड़ा ‘फैन’ है, आज ही सुबह सीआलदाह से आया है, पूरा रास्ता एक ही रट लगाए हुए था, सर से मिलना है.. सर से मिलना है.. रिसर्च कर रहा है, सिनेमा लिख रहा है, बोलता है आपको हीरो बनाएगा उसमें, ना जी!” मैं अभीर सिंह जी से मिलकर अभिभूत हो गया था, मेरी ख़ुशी मेरी आँखों में चमक रही थी, मैंने कहा “बहुत सुने है जीजाजी आपके बारे में… इस गाँव के बारे में .. साधुराम के बारे में, सुगंधा के बारे में, रेल लोकोमोटिव के बारे में, सब कुछ डिटेल में सुनना है आपसे। मैं आपको जीजाजी कहकर बुला सकता हूँ ना?” उनकी मुस्कुराहट में रज़ामंदी थी। उन्होंने मुस्कुराते हुए कहा “पहले हाथ मुँह धो लो, हम चाय बनाते हैं, बाथरूम बाएँ जा के सीधा।”

मैंने नहाने की बजाय हाथ पैर धोना बेहतर समझा। इसके दो कारण थे, एक तो पानी ठंडा था और दूसरे मुझे कहानी सुनने की जल्दी थी। तो जैसा कि मैंने तय किया था वैसे ही नहा धोकर मैं धनिराम दा के पास आकर बैठ गया जो पहले से लकड़ी की चौकी पर बैठे हुए थे और निमकी खा रहे थे। बढ़िया चाय की ख़ुशबू रसोईघर से आ रही थी। दादा ने निमकी का ठोंगा मेरी तरफ़ कर दिया जिसमें से मैंने एक या दो ही ली होंगी। इतने में जीजाजी चाय लेकर आ गए। चाय एक नंबर थी, अदरक इलाइची लौंग और दूध का स्वाद मन को ताज़ा कर गया। चाय की मादकता में मेरी आँखें बन्द हो रही थीं कि तभी जीजाजी ने पूछा “ठीक है चाय?” मैंने अपनी तर्जनी और अंगूठे को सटाते

हुए "परफ़ेक्ट" का इशारा किया तो उन्होंने चटकारा लेते कहा "परफ़ेक्ट या जीरो? हा...हा...हा! मेरी बात का बुरा मत मानना, मैं मज़ाक़ में कुछ भी कह जाता हूँ.. ऑब्वियस्ली परफ़ेक्ट ही कहा है तुमने, हालाँकि मज़ाक़ था लेकिन इस बात से हमें यह सीखना चाहिए कि किसी बात को समझने के कई तरीक़े होते हैं। जैसा हमारा स्वभाव होता है, जैसी हमारी परवरिश होती है, उसी के आधार पर हम अपने आस-पास हो रही बातों या घटनाओं की व्याख्या करते हैं। भूत-प्रेत, पिशाच, आत्मा इत्यादि की बातें इस आधुनिक युग में एक भ्रम हैं, विज्ञान से इसका दूर-दूर तक कोई वास्ता नहीं है। लेकिन यह भी सच है कि कुछ ऐसी बातें हैं जिनको अभी तक विज्ञान, ना समझ पाया और ना ही समझा पाया है। तर्क के तौर पर लोग यह कहते तो ज़रूर हैं की "यह सब अंधविश्वास होता है और कुछ नहीं" लेकिन जब भी भूत, प्रेत, आत्मा की बातें होती हैं या फिर लोग ऐसी किसी परिस्थिति में पड़ जाते हैं, तब डर तो उन्हें भी लगता ही है। यहाँ तक कि लोगों की, अंधेरी, वीरान और सुनसान जगहों पर दिल की धड़कन रुकने की वजह से मौत तक हो जाती है। साबित तो तब भी नहीं होता कि वहाँ भूत था या नहीं।" कहते-कहते जीजाजी गंभीर हो गए, वह कमरे की दीवार पर टकटकी बाँधे बोलते चले गए।

"यह कहानी 1960 के दशक की है। जमालपुर, बिहार का एक छोटा-सा गाँव, तब यहाँ ज़्यादा लोग नहीं रहते थे, लेकिन इस गाँव में रेल का एक बहुत बड़ा कारख़ाना था, इसलिए लोग यहाँ आस-पास के गाँव से काम करने चले आते थे। स्टेशन से सटा हुआ एक बड़ा-सा रेल का यार्ड था जहाँ गाड़ियाँ अपने सफ़र के बाद विश्राम करती थी। एक कोने पर स्टेशन तो दूसरे कोने पर रेल लोकोमोटिव का 'शंटिंग एरिया' और बीच में लंबी-लंबी काली सुनसान पटरियाँ। कोई यात्री अगर रात के आठ बजे के बाद स्टेशन पहुँचता तो स्टेशन के बाहर अंधेरे में, भूत से डरता या चोर उचक्के से। लूटे जाने का भी डर था लोगो में। अंधेरी सड़क पर कौन कहाँ, किसको कैसे, लूट लेगा इसका पता किसी को भी नहीं था। रेल लोकोमोटिव से थोड़ी दूरी पर

एक रेल सुरंग थी। सुरंग का एक सिरा स्टेशन से जुड़ा हुआ था और स्टेशन लोकोमोटिव कारख़ाने से। तीनों को जोड़ती हुए रेल की पटरी, टनल के निर्माण के दौरान बनायी गयी ताकि कंस्ट्रक्शन का सामान, माल गाड़ी में लाद कर रेल कारख़ाने से सुरंग तक, आसानी से लाया जा सके। सुरंग के पीछे एक जंगल जैसा इलाक़ा था जो रेल के हिस्से में ही पड़ता था लेकिन सरकारी ज़मीन होने के बाद भी वो विवादों में पड़ा रहा और उसे अनदेखा छोड़ दिया गया। वहाँ पर काम करने वाले उसे जंगल बुलाते थे और कहते थे कि वहाँ भूत-पिशाच का वास है। इसी विवाद के कारण स्टेशन का काम काफ़ी दिनों तक पूरा नहीं हो पाया। दिवाकर बाबू! मानचित्र में तब इस गाँव के आगे, रेल थी ही नहीं। लोग कहते हैं कि आज भी रात जैसे-जैसे गहराती है, रेल सुरंग और लोकोमोटिव के खण्डहर से अजीब-अजीब आवाज़ें आने लगती हैं।

आज से क़रीब चार साल पहले, इसी शहर में साधुराम नाम का एक कंजूस बनिया रहता था जिसकी दुकान स्टेशन से लगे हुए बाज़ार में थी जो पुलिस स्टेशन के भी पास था जहाँ का दरोग़ा, मैं था। मेरा उसकी दुकान में आना जाना लगा रहता। साधुराम कंजूस और अकेला था, उसके पास कुछ था तो बस एक परचून की दुकान, जो 'पाँच सौ पचपन' के नाम से प्रसिद्ध थी और इसके अलावा कोई उसके जीवन में था तो वह थे उसके ग्राहक, ख़ास तौर पर 'साहेब' जिसके लिए वो स्पेशल 555 नाम की सिगरेट, कलकत्ता से लाता था। इसी के कारण साधुराम साहेब का चहेता बन गया और उसके दुकान का नामकरण '555' हो गया।

साहेब कलकत्ता में एक नाचने वाली 'मुख़्त्यार जान' से प्रेम करता था। वह अक्सर साधुराम को अपने साथ कलकत्ता ले जाता जहाँ साधुराम की मुलाक़ात वहीं पली-बढ़ी सुगंधा से हो गयी। आते-जाते जाने कब दोनों को एक दूसरे से प्रेम हो गया और एक दिन दोनों साथ जलेबी खाते हुए और एक दूसरे को चूमते हुए, मुख़्त्यार जान के हाथों पकड़े गए। साधुराम और सुगंधा की शादी उनकी रज़ामंदी और लाट साहिब की देख-रेख में, कलकत्ता

में ही करा दी गयी। साधुराम सुगंधा को और साहेब मुख़्त्यार जान को अपने साथ जमालपुर ले आए। सुगंधा को इस बात का ज़रा भी इल्म नहीं था की जहाँ वह ब्याह कर जा रही है वह कोई और ही दुनिया है। कहाँ कलकत्ते की चहल-पहल और कहाँ जमालपुर का मनहूस रेल-लोकोमोटिव और उसके भूत। शादी करके सुगंधा सीधा जमालपुर आ गयी। दुल्हन के स्वागत में साधुराम ने छोटी-सी दावत रखी थी जिसमें सिर्फ़ मैं, धनिराम, थाने के कुछ सिपाही और एक दो ग्राहक और थे," बातें सुनते-सुनते दादा भी उन्हीं स्मृतियों में खो गए और कहा "हाँ मेहमान! लोग कम थे इसलिए भर पेट खा पाए" और हम तीनों ठहाका मार के हँसने लगे।

जीजाजी ने आगे बताया "जब हम खाना खा के कनिया के पास मुँह दिखाई के लिए पहुँचे तो साधु ने बड़े ही आदर पूर्वक हमसे कहा "बड़ा बाबू! बस इतना ही इंतज़ाम कर पाए हम, आपको तो मालूम है कि आप लोग के अलावा मेरा यहाँ कोई नहीं है...!" मैंने साधुराम को गले से लगाया और कहा "अरे साधु काहे छोटा बात करते हो...जब तक हम हैं तो क्या ग़म है" और धीरे से उसके कान में बधाई देते हुए कहा "दुलहिन बहुत सुंदर हैं! बहुत भाग्यशाली हो तुम।" कह के मैंने सुगंधा की तरफ़ देखा और ना जाने कैसे मेरी नज़र सुगंधा पर अटकी रह गयी, वो सच में बहुत सुंदर थी। मैं सुगंधा की ओर देखता रहा और ग़लती से मेरे मुँह से निकला "जब सइयाँ भए कोतवाल तो डर काहे का? ...आएँ भौजी?" जब साधुराम का चेहरा उतर गया तब मुझे समझ आया कि कुछ तो ग़लत बोल दिया था मैंने। मुहावरा बोलने के चक्कर में मैंने गड़बड़ कर दी थी इसलिए मैंने तुरंत अपने कहे को सुधारते हुए कहा "...मम्म ...मेरा मतलब पड़ोसी भए कोतवाल तो डर काहे का।" मैं मुड़ा, धनिराम की अचंभित आँखें मुझे ही घूर रही थीं, मैंने धनिराम से कहा "चलें? क्या खीं-खीं करके मुँह चियार रहा है, सुनो दीदी को मत बोल देना ई सब।"

धनिराम दादा तुरंत बोल पड़े "...और मेहमान, आज तक हम कुछ भी नहीं बोले दीदी से।" मेरे मन में पहले ही यह सवाल आ चुका था कि अभीर

सिंह जी की पत्नी नहीं दिख रहीं। उनकी इस बात पर मुझे मौक़ा मिल गया, मैंने तपाक से पूछा "दीदी कहाँ हैं?" जीजाजी ने जवाब दिया "गुड़िया को लेकर नानी घर गयी है, हफ़्ता दस दिन में आएगी.. दिवाकर बाबू! पत्नी को खुश रखना गोल रोटी बनाने से भी मुश्किल है। तुम्हारी शादी हो गयी?" मैंने शरमा के ना में सिर हिला दिया। जीजाजी ने मुस्कुराते हुए एक गहरी साँस भरी और फिर से साधुराम की कहानी में खो गए।

"बड़ा अच्छा आदमी था साधुराम, जब भी मुझसे मिलता था मुस्कुरा के मिलता था, ना कोई द्वेष ना कोई हराबाज़ी, बहुत सीधा आदमी था साधुराम। सुगंधा के लापता होने के बाद बहुत दुखी रहने लग गया। कभी-कभी रात को हम दोनों शराब पीते तो वह मुझे अपने सारे दुख बताता। अपने व्यक्तिगत अनुभव भी। बहुत अकेला हो गया था वह और इसी अकेलापन ने…

साधुराम का घर किसी कबाड़खाने से कम नहीं था। साधुराम की पहली रात बड़ी ही अजीब थी। सुगंधा बिस्तर पर घूँघट काढ़े बैठी थी। साधुराम सभी अभ्यागतों को अलविदा करके कमरे में आया और लालटेन की रौशनी धीमी कर दी। इधर रौशनी धीमी हुई उधर दो चोर, पीतांबर उर्फ़ पिटुआ और उसका साथी गोपी, साधुराम के घर की दीवार के पीछे, चोरी के इरादे से, अंधेरे में छिप के उसके घर की बत्ती बुझने की प्रतीक्षा कर रहे थे। बत्ती धीमी होते ही दोनों घर की दीवार फाँद गए। उधर कमरे में जैसे ही साधुराम ने घूँघट उठाया तो देखा कि सुगंधा की आँखों से आँसुओं की धारा बह रही है। उसने सुगंधा को दुलारते हुए कहा "ई सुंदर-सुंदर, बड़ा-बड़ा आँख में मोती क्यों तैर रहा है जी?" सुगंधा ने रोते-रोते, आधी हिन्दी आधी बंगाली में जवाब दिया "ई घोर को देख के लगता है हम किसी कबाड़ी से शादी किया है। आपनार दुकान तो जमालपुर में सबसे अच्छी चलती है… फिर एई बोस्ती ते केनों थाको तुमी? ऐखाने एकेटाओ मानुष नेई?" उसे अपनी बाहों में भरने के इरादे से साधुराम उसके क़रीब आया और कहा "अब तुम आ गयी हो ना … दो चार और आ जाएँगे… मम्म!"

इधर साधुराम सुगंधा को चूमने के लिए झुका, उधर पिटुआ और गोपी दीवार फाँद के आँगन में उतर चुके थे और खिड़की से रसोई घर में घुसने की कोशिश करने लगे। पिटुआ ने बड़ी आसानी से खिड़की खोल दी और दोनों चोर रसोई के भीतर शातिर बिल्ली की तरह दबे पाँव घुसे लेकिन थोड़ी-सी आवाज़ हो ही गयी, आख़िरकार थे तो इंसान ही, भले ही बिल्ली बनने की भरपूर कोशिश ही क्यों ना की हो। जैसे ही गोपी रसोई घर में घुसा, उसकी आँखों में ख़ौफ़ उतर आया और डर के मारे उसकी नाभि से होते हुए, उसकी आँतों को चीरता हुआ एक हवा का गोला विस्फुटित हुआ, आवाज़ आयी "पू....उउउउउउऊ।" गोपी पेट पकड़ कर वहीं बैठ गया और आँखें फाड़ के कमरे के कोने में देखने लगा, उसने फुसफुसाते हुए कहा "व...व व व वहाँ .. कोई ...है," पिटुआ ने गोपी के पीठ पर एक ज़ोर का मुक्का मारा और उसकी नक़ल करते हुए फुसफुसा कर कहा "चोरी करने आया है, पाद के जगा दो सबको! माल उठाओ और निकलो, डरपोक साला!"

रात के सन्नाटे में दोनों की आवाज़ सुगंधा तक पहुँच गयी, जो पहले से ही डरी-सहमी, कान खड़े किए बैठी थी। फुसफुसाहट सुनते ही सुगंधा बोल पड़ी "शुनचो.....!!! आपने ई, आवाज़ सुनी?," और फड़फड़ाता हुआ एक चमगादड़, साधुराम के कमरे की खिड़की से चिपक गया। सुगंधा की चीख़ निकल गयी और साधुराम भी हड़बड़ा गया, उसने कहा "क्या हुआ? चीख़ काहे रही हो?" सुगंधा ने अपनी तर्जनी खिड़की की तरफ़ करके आँखें मूँद लीं और कहा "चामचीटे!!!," साधुराम ने चमगादड़ को भगाया, "तुम तो हमको डरा ही दी, चमगुदड़ी है! रेल-खण्डहर से उड़ कर इधर आ गया होगा, डरो मत हम है ना! आओ ....हमारे पास आओ" और उसे अपने कलेजे से लगा लिया। चीख़ सुन के पिटुआ ने गोपी को इशारा किया और कहा, "साधुराम देखने में जितना सीधा है उतना है नहीं, गोपी! ख़ैर हमको क्या, माल उठाओ और निकलो।" तभी पिटुआ की नज़र भी कमरे के कोने में खड़ी परछाई पर पड़ी। वह बर्फ की तरह वहीं जम गया और गोपी तो पहले से ही काठ हो चुका था।

लेकिन साधुराम को अब कहाँ किसी बात का डर था। सुगंधा को उसने अपनी बाहों में भींच लिया था और सुगंधा की साँसों की गर्माहट उसके ज़ोर से धड़कते हुए दिल को और भी धड़का रही थी। साधुराम फिर से अपनी पत्नी को चूमने के लिए जैसे झुका वैसे ही सुगंधा ने फिर से उसे रोक दिया "माँ गो! शेई रेल लोकोमोटिव ना की? जिसमें भूत लोग रहता है? साधुराम की बेसब्री बढ़ रही थी, उसने चिढ़ते हुए कहा "ओफ़ ओ! अरे वहाँ ना भूत है ना लोग है .. कौन भूत लोग रहता है?? कोई नहीं रहता है, बस तुमरा ई ....चामचीटे लोग रहता है.. तुम हमारे पास आओ ना! ....और मत सताओ हमको!" सुगंधा ने साधुराम के गाल पर हल्का-सा प्यार का थप्पड़ लगा कर कहा "छी! ओशोभोतामी कोरो ना,""अरे हम काहे अशोभोतमी करेंगे, हम तो कह रहे थे .. चुपचाप सो जातें हैं.. तुम्हीं सब बोल रही हो, हमारा तो कोई कसूर ही नहीं है" साधुराम अनजान बनने का अभिनय करने लगा, जिस पर सुगंधा ने इतराते हुए कहा "हाँ...जोतो दोष नोंदों घोष।"

उधर डर के मारे, पिटुआ और गोपी अंधेरे में सरकते-सरकते साधुराम के कमरे की दहलीज़ तक पहुँच गए जिससे सुगंधा को कमरे में कुछ हिलता हुआ दिखा। वह अब और डर गयी, उसने साधुराम के मुँह पर हाथ रख कर उसे चुप रहने को कहा। पिटुआ, गोपी, सुगंधा और साधुराम, चारों ने आवाज़ करना बंद कर दिया, कमरे में पूर्ण निस्तब्धता छा गयी, चारों ही डर गए थे। जहाँ गोपी और पिटुआ दुबक कर बैठे हुए थे, वहीं रखे हुए मटके पर पिटुआ का हाथ लगा और कांसे का मोटा-सा गिलास, कमरे के भूतिया सन्नाटे को तोड़ते हुए, "टन्न- टन्न" करता नीचे आ गिरा। पिटुआ और गोपी वहाँ से उल्टे पाँव भाग निकले, इस बात से अनजान कि कोई तीसरा भी उन सबको भागते हुए देख रहा था। साधुराम अब तक अपने बिस्तर से नीचे उतर चुका था, लालटेन की रौशनी बढ़ा कर वह उनके पीछे भागा। वह उन्हें पकड़ने के लिए बाहर दीवार तक आया ही था कि अंदर से सुगंधा के चीख़ने की आवाज़ आयी। वह तुरंत कमरे के अंदर लौटा और देखा कि सुगंधा ज़मीन पर गिरी हुई है। उसका शरीर एक दम अकड़ा हुआ है और उसे दौरे

पड़ रहे हैं। साधुराम ने उसे उठा के बिस्तर पर लिटाया और मुँह पर पानी छिड़क कर उसे जगाने की कोशिश करने लगा। सुगंधा का शरीर बुख़ार से तप रहा था।

हर अंधेरी रात के बाद नई सुबह आती है और सबके जीवन में रौशनी लाती है। सुगंधा का बुख़ार रातों-रात उतर गया। सुबह दंपति ने काली बाड़ी में पूजा की। पुजारी जी ने, आशीर्वाद में माता पर चढ़ाया हुआ एक लाल फूल सुगंधा को दिया तो सुगंधा ने उसे अपने बालों में लगा लिया। उसे भली चंगी देख साधुराम भी चिंता रहित हो गया और पिछली रात हुए हादसे को भूल गया। अगले दिन साधुराम दुकान में ग्राहकों को सामान दे रहा था और सुगंधा सामान सरियाने में उसकी मदद कर रही थी। सुगंधा जितनी बार बिस्कुट के डब्बे उठा के रखती उतनी बार साधुराम उसे उतार कर अपने सामने रख देता। सुगंधा मुस्कुराते हुए फिर उसे ऊपर ताखे पर रख देती। सुगंधा यह जितनी बार करती उतनी बार उसकी खनकती चूड़ियाँ साधुराम के हृदय को ठंडक पहुँचा रही थीं। शायद उसकी इस शैतानी का कारण इन्हीं चूड़ियों की खनक थी। मुझे इन दोनों की यह शरारत बड़ी अच्छी लगती थी क्योंकि साधुराम के सूखे जीवन में सुगंधा बहार बन के आयी थी। वैसे सच कहूँ तो सिर्फ़ साधुराम के जीवन में ही नहीं बल्कि हमारे जीवन में भी। थाने के सभी लोग अब साधुराम की दुकान पर सुगंधा को देखने के लिए ही जाते। सिपाही ज़्यादातर मुफ़्तखोरी के लिये अप्रिय होते हैं, लेकिन आश्चर्य की बात यह थी कि थाने के सभी सिपाहियों ने उधार लेना बंद कर दिया था, सिवाय मेरे क्योंकि साधु मेरा बहुत सम्मान करता था, मुझे अपना बड़ा भाई मानता था। मैंने साधुराम को कभी पैसे नहीं दिए, हालाकि मैंने कभी नहीं कहा की मैं पैसे नहीं दूँगा। अब जब सामने वाला ही पैसे ना लेकर इज़्ज़त देना चाह रहा हो तो पैसे देकर मैं अपनी बेइज़्ज़ती कैसे करवा सकता था।

ख़ैर, मैं हमेशा की तरह दुकान पर पहुँचा तो साधुराम ने सलाम ठोक कर कहा "राम राम अभीर भइया!" मैंने दुकान के चबूतरे पर से ही अपना धूपचश्मा उतारते हुए कहा "साधु भाई, क्या हाल चाल है। उ '555' का

डिब्बा दीजियेगा ए गो!” तभी सुगंधा भी माथे पर आँचल रखते हुए साधु के पास आकर खड़ी हो गयी। वह इतनी आकर्षक थी कि एक बार उसपर नज़र पड़ जाए तो विश्वामित्र भी उसपर से अपनी नज़र हटा नहीं सकते थे, मैंने उसे देखते–देखते ही कहा, “इसके बिना हमारी सुबह ही नहीं होती है, क्या करें?” हालाँकि मैं बात सिगरेट की कर रहा था, क्योंकि जब तक मैं 555 के दो चार कश ना खींच लूँ मुझे शौच ठीक से नहीं आता था, लेकिन साधुराम को लगा मैं उसकी पत्नी पर डोरे डाल रहा हूँ। जब मुझे यह अहसास हुआ तब मुझे बहुत शर्मिंदगी महसूस हुई। मैंने सिगरेट लेकर फिर से धूपचश्मा पहना और अपनी जीप के पास खड़े होकर सिगरेट पीने लगा, जो दूकान से थोड़ी दूर खड़ी थी।

सुगंधा से रहा नहीं गया “आबार! आज फिर डिबिया ले गया! तुमि किच्छु बोलो ना केनों?” इन्सान गुस्से और तनाव में आ जाए तो वह थोड़ी ना सोचता है कि जिसकी निंदा वह कर रहा है, वह वहीं खड़ा है और यह सब कुछ सुनेगा तो क्या कहेगा? सुगंधा ज़ोर-ज़ोर से साधुराम से मेरी निंदा करने लगी, और फ़िर मैं इतनी भी दूर खड़ा नहीं था कि मुझे उनकी बात सुनाई नहीं देती। धूप चश्मे के अन्दर से, बिना मुंडी घुमाये मैंने देखा कि साधुराम भी खिसयाये हुए मुझे ही देख रहा था,“भई! क्या बोलें! इंसान बुरा नहीं है, आख़िर पुलिस की दोस्ती का कुछ को हरजाना भुगतना पड़ेगा। बस, जब यह आए तो तुम बाहर मत आया करो!” सुगंधा ने चिढ़ते हुए साधुराम को जवाब दिया “पुलिश का ना दोस्ती अच्छा ना दुश्मनी। की कोरा जाए .. तुमि तो शोब जानो, साधु बाबा!” साधुराम पर व्यंग कसते हुए वह अंदर चली गयी और मैं थाने लौट गया।

थाने के अंदर का भी हाल वही था। लोगों की ज़ुबान पर सुगंधा की ख़ूबसूरती के चर्चे थे। मैं भी बैठे-बैठे चाय-सिगरेट के मज़े ले रहा था और सुगंधा और साधुराम के बारे में ही सोच रहा था। सामने कांस्टेबल धनिराम बैठा रजिस्टर में कुछ लिख रहा था। मैंने सिगरेट का एक कश लिया और कहा “ए! धनिया! …कुछ भी कहो, साधुरामवा बड़ा ही भाग्यशाली है। नै?,”

धनिराम ने बड़े रूखे स्वर में कहा "हाँ! है तो, हम क्या करें? और आपको उससे क्या मेहमान? आपका तो सादी हो गया है हमरा दीदी से..! बोलें क्या घर जाकर?" मैंने अपनी मर्यादा संभालते हुए कहा "नहीं! वह बात नहीं है, ज़रा सोच के देखो। कहाँ राजा भोज कहाँ गंगू तेली! सुगंधा इतनी सुंदर है कि जो उसको एक बार देख ले उसको बार-बार देखने की लालसा होती है। कुछ तो है उसमें, मोहिनी रूप है... उसकी मोहिनी आवाज़ कान में पड़ते ही कोई भी मंत्रमुग्ध हो जाए..." धनिराम बात को हँसी में उड़ाते हुए कहता है "इंसान क्या मेहमान, मोहिनी आवाज़ से सब भूत रेल खण्डहर से बाहर आ जाएगा .. और रेल खण्डहर का सब मुर्दा यहीं लौंडा नाच करेगा! मेहमान ... थोड़ा बचिए के रहना है, का पता इंसान ना होकर मोहनी रूप वाली कोई चुड़ैल हो? अबकी बार गोड़ देखिएगा तो, कहीं उल्टा नै हो" मैंने बड़े ही आराम से धनिराम की तरफ़ देखा और कहा "खैनी खा लिए?," धनिराम "नहीं तो! काहे?," "जाइए खा के आइए! कोई भूत प्रेत नहीं है यहाँ, कितना बार कहे हैं कि मेरे साथ भूत-प्रेत का बात मत किया करो तुम धनिया" मैंने डाँटा। वैसे मैं बहुत ही विचारशील व्यक्ति था, अभी भी हूँ, लेकिन तर्क संगत होते हुए भी मुझे भूत-प्रेत से उतना ही डर भी लगता था। क्योंकि डरते सभी हैं दिवाकर बाबू! यह राज़ सिर्फ़ कांस्टेबल धनिराम को पता था क्योंकि धनिराम, कांस्टेबल होने के साथ साथ मेरा साला भी है। आएँ धनिया?"

दादा प्रफुल्लित हो उठे और कहा "दिवाकर बाबू! हम दोनों को देखकर कोई कह ही नहीं सकता कि हम 'जीजा-साला' हैं। हम जितना प्रेम अपना ज्योति दीदी से करते है ना, उतना प्रेम मेहमान हमसे करते हैं। उ दिन, मेहमान से डाँट खाने के बाद हम, कांस्टेबल रामखेलवन के साथ साधुराम की दुकान की तरफ़ टहलते हुए चले गए। दुकान बंद थी, ताला लगा हुआ था। रामखेलावन ताला देखकर बोला "आएँ रे धनिया! आज दुकान बंद है? अभी तक खोला नहीं क्या?" हमने मुस्कियाते हुए कहा "नया-नया सादी हुआ है, घर में नया कनियाँ आयी है, किसका मन करेगा काम करने का, और जो काम घर में होगा, उ दुकान में कहाँ? इतना भोले भी ना बनो रामखेलवन

चाचा!" रामखेलवन अब और ज़ोर लगा के तम्बाकू घिसने लगा। हम रामखेलवन चाचा का बेसब्री भाँप लिए थे "ए गो बात बोलें? नामे में राम है बस, ओतने बेकार आपका दिमाग़ है। ख़ाना खाने ना गया होगा जी.. दुफरिया का टाइम है...देखो दुन्नों ताला नहीं लगल है दुकान में... अभी आता ही होगा वापिस!" धनिराम ने कहा।

"उधर साधुराम और सुगंधा, दोनों साइकिल पे सवार, घर की तरफ़ जा रहे थे। सुगंधा के बालों में लाल फूल और माथे पर मस्ती चढ़ी थी। साइकिल के पीछे बैठी, अपना पसंदीदा गाना गुनगुनाती जा रही थी "बाबूजी धीरे चलनाsss... प्यार में ज़रा संभलना... बड़े धोखे हैं .. धोखे हैं" और हर 'धोखे' पर साधुराम को रह-रह के चिकोटी काट देती जिससे साधुराम का संतुलन बिगड़ जाता। डबल सीट से उसकी साँस चढ़ गयी थी और उसने तंग आकर साइकिल रोक दी। सुगंधा ने चटकारा लेते हुए कहा "ओ मागो! इतना जल्दी थक गए, उमर भी तो हो रहा है आपका...!," साधुराम ने हाँफते हुए कहा "इतने दिन से .....अकेले.... साइकिल चलाता था तो कभी इतना नहीं थका, अब दो लोग को खींच रहे हैं, ऊपर से तुम.... उँगली से कमर खोद रही हो, ऐसे कैसे चलेगा साइकिल? ....तुमरे में ताक़त है तो तुम्हीं चला लो, देखे ज़रा केतना ज़ोर है तुमरे में? मम्म?" इतना कहने की देर थी की सुगंधा ने साधुराम की साइकिल पर छलांग लगाई और पैडल मारते हुए आगे बढ़ गयी। साधुराम उसे चिढ़ाते हुए साइकिल के पीछे दौड़ पड़ा "चोर -चोर! हमारा साइकिल चोरी हो गया...।"

दोपहर का वक्त था और दूर-दूर तक कोई भी नहीं। साइकिल पर दनदनाती, सुगंधा, बरगद के पेड़ से टकरा कर धराशायी हो गयी। साधुराम की दौड़ में अचानक से तेज़ी आयी और दौड़ता हुआ वह भी पेड़ के पास जा पहुँचा। सुगंधा पेड़ के नीचे, मिट्टी में औंधे मुँह पड़ी हुई थी, उसका दाहिना पैर घुटने के पास से छिल गया था और वो दर्द से रो रही थी। साधुराम ने अपने गमछे से उसका घुटना साफ़ किया और गमछे को वहीं कसके बाँधने लगा। सुगंधा का सारा दर्द जैसे पल भर में ख़त्म हो गया था और वो साधुराम

को बहुत प्यार से देखने लगी। साधुराम ने भी सुगंधा की आँखों में देखा और खो गया। सुगंधा ने साधुराम का हाथ लिया और अपनी जाँघ पर रख दिया और मादकता भारी आवाज़ में कहा "खूब ब्यथा!" फिर अपनी कमर पर उसका हाथ रखते हुए कहा "ऐखनेओ!! आह!" और फिर छाती पर। धीरे-धीरे सुगंधा साधुराम को लुभाने लगी और दोनों एक दूसरे को चूमने लगे। दोनों की आँखें बंद हो गयी। साधुराम को अचानक थोड़ा अजीब-सा लगा, उसने देखा कि सुगंधा का चेहरा धीरे-धीरे बदलने लगा है और वह जिसको चूम रहा था वह कोई दूसरी साँवली औरत है जिसके बालों में एक लाल फूल लगा था। उस औरत की पकड़ साधुराम पर कसती ही जा रही थी। साधुराम उससे छूटने कि कोशिश करने लगा लेकिन उसकी पकड़ इतनी कड़क थी की साधु हिल भी नहीं पा रहा था। साधुराम ने अपने पूरे शरीर का ज़ोर लगाया और एक झटके में, अपने आप को उस औरत के शिकंजे से छुड़ाने में सफल हो गया। एक ही झटके में उठकर बैठ गया। वहाँ ना तो सुगंधा थी ना ही कोई साँवली औरत ही थी। उससे भी ताज्जुब की बात यह थी कि जब सुगंधा साइकिल से गिरी थी तो दोपहर का पहर था लेकिन अब दिन ढल चुका था। "यह कैसे हो सकता है?" साधुराम बड़बड़ाया, वह सुगंधा को आवाज़ लगाता हुआ उठा तो देखा की थोड़ी दूरी पर सुगंधा वैसी ही अकड़ी हुई है जैसे पहली रात को कमरे में अकड़ गयी थी "सुगंधा! हे भगवान, यह क्या हो रहा है? सुगंधा! उठो!" थोड़ा-सा झकझोरने पर सुगंधा को तुरंत होश आ गया, उसका सर घूम रहा था। क्या हुआ था उसकी समझ से बाहर था, उसे लगा शायद साइकिल से गिर के दोनों बेहोश हो गए थे।

माहौल में अजीब-सा एक सन्नाटा छा गया। साधुराम ने साइकिल उठाई और बड़े नाले से होते हुए, दोनों, दुकान की तरफ़ चल पड़े। सूरज ढल चुका था और अंधेरा गहरा रहा था। कोई आवाज़ कहीं से नहीं आ रही थी, बस दोनों के कदमों की चाप और साइकिल के चेन की 'किर्र -किर्र'। तभी अचानक सुगंधा को किसी औरत के गुनगुनाने की आवाज़ सुनाई देने लगी "बाबूजी धीरे चलना" अभी थोड़ी देर पहले ही तो वह यह गाना गुनगुना

रही थी। उसने साधुराम के कुर्ते को अपनी मुट्ठी में भींच के खींचते हुए फुसफुसाकर कहा "श.. शश.. शशशुनते पाच्छो?" साधुराम- "श्शश्श! चुपचाप चलती रहो।" आवाज़ फिर से आयी, सुगंधा ने फिर से कुर्ता खींचा। इस बार साधुराम ने आदेशात्मक आवाज़ में कहा "पीछे पलट के मत देखना"! गाने की आवाज़ फिर से आयी, इस बार सुगंधा के बिल्कुल पास से, इतना पास कि सुगंधा ठीक अपने पीछे उसे महसूस कर पा रही थी। साधुराम के लाख मना करने के बाद भी सुगंधा ने पलट कर देखा। एक साँवली औरत, कान में लाल फूल लगाए, ठीक उसके मुँह के पास खड़ी थी, बिल्कुल उसकी आँखों में आँखें डाले हुए। सुगंधा चिल्लाते हुए वहाँ से भाग खड़ी हुई और उसके पीछे साधुराम। आगे-आगे सुगंधा और पीछे साधुराम साइकिल लिए दौड़ते हुए। दोनों साइकिल पर लदे दुकान पहुँचे और साइकिल धड़ाम से दुकान के चबूतरे से ठोकर खाकर रुकी। दोनों ज़मीन पर, साइकिल के नीचे और साइकिल उनके ऊपर। दोनों सर से पैर तक पसीने में तर थे। हवलदार रामखेलवन और धनिराम अभी भी वहीं मच्छर मार रहे थे, दोनों ने डरे हुए दंपति को ज़मीन से उठाया, पानी पिलाया।"

रामखेलवन भाग कर थाने से मुझे बुला कर ले आया। साधुराम ने दुकान का ताला खोला और सुगंधा तुरंत दुकान में दिया बत्ती करने लगी। सुगंधा पसीने में भीगी हुई बहुत मनमोहक लग रही थी। उन दोनों को इस तरह से परेशान देख कर पता नहीं क्यों मैं भी उतना ही परेशान हो गया। मैंने कहा "साधु भाई, सुगंधा भाभी और आप लोग परेशान मत होइए, पुलिस आपके साथ है, अब से अकेले आने-जाने की ज़रूरत नहीं है, ड्यूटी ख़त्म होते ही मैं या धनिया आप लोगों को जीप में घर छोड़ दिया करेंगे। आज आप लोग हमारे साथ ही चलिएगा" मैंने सुगंधा भाभी की तरफ़ देखा और मुस्कुरा दिया। अभी मेरी आँखें सुगंधा भाभी के अद्भुत सौंदर्य पर अटकी ही हुई थीं कि दुकान के सामने लाट साहिब की गाड़ी आकर रुकी और सबकी नज़र उधर चली गयी, मेरी भी। सुगंधा गाड़ी देखते ही खुश हो गयी। साधुराम बड़बड़ाया "ई कहाँ से आ गयी? बड़का लाट साहिब का पत्नी बनी है, रण्डी फ़तूरिया! कलकत्ता से सहिबवा अपना गंदगी यहाँ तक ले आया" साधुराम

की बात मेरे कानों में चुभ रही थी। जैसे ही मेरी नज़र साधुराम से मिली तो साधुराम ने सफ़ाई देते हुए मुझसे कहा "कलकत्ता के नाचेवाली है बड़ा बाबू" और बहीखाता पटककर बड़बड़ाते हुए अंदर चला गया।

साधुराम को गाली नहीं देनी चाहिए थी। अब आप ही बताइए दिवाकर बाबू, नाचने वाली रण्डी कैसे हो सकती है? हो सकता है हुनर बेचकर पेट भरती होगी अपना, क्या ग़लत करती है? और अगर मान भी लें कि वह देह बेचती होगी तो वह सिर्फ़ इसलिए क्योंकि उसे ख़रीदने वाले आदमी लाइन लगा कर खड़े हैं। यह नहीं होंगे तो शायद औरतों को बाज़ार में उतरना ही ना पड़े और अब तो शादी हो गयी साहेब से, तब तो रिश्ता जायज़ हो गया ना? साधुराम भी तो वहीं से शादी करके आया था, फिर तो उसका रिश्ता भी ग़लत है लेकिन फिर भी हम सब सुगंधा को 'सुगंधा भाभी' ही कहते थे। साधुराम ने आसमान में थूकने जैसी बात कर दी थी" कह के जीजाजी चुप हो गए।

जीजाजी का हर एक शब्द मुझे गर्वान्वित कर रहा था, बड़ी अच्छी बातें करते थे और कहानी में मेरी रुचि बढ़ती जा रही थी। लेकिन कहीं ना कहीं मेरा पत्रकार दिमाग़ मुझसे सवाल कर रहा था कि इतना आदर्श पुरुष इस दुनिया में होता है या यह कोई किस्सेबाज़ आदमी है। मुझे बार-बार दानापुर कैंट के गेट पर लिखा स्लोगन याद आ रहा था "मीठी ज़ुबान दुश्मन की पहचान," मैंने पूछा "फिर आगे?" जीजाजी ने आगे बताया "मुख़्त्यार जान गाड़ी से बाहर निकली। मुँह में पान, चमकदार लाल साड़ी, गले में स्कार्फ़, और उसके नीचे ढेर सारे गहनों से लदी हुई सुंदर औरत। सुगंधा उसे देखते ही दौड़कर उसके पास पहुँची और मुख़्त्यार ने उसे गले से लगा लिया। सुगंधा ने मुख़्त्यार जान को चिढ़ाते हुए कहा "मेम साहिब! कितना शूँदोर लग रही हो... नोज़ोर ना लगे ... ओ माँ! कितना शूँदोर गोलार हार आपका, खूब दारुन लागचे, तोमाके।" मुख़्त्यार जान ने उसका माथा चूमा '...कितनी बार कहा है हम तुम्हारे लिए हमेशा दीदी ही रहेंगे और कोई कितना भी सज ले तुम्हारी सुंदरता की बराबरी नहीं कर सकता। ख़ुदा की मेहर है तुम पर।

अच्छा अब मेरी बात ध्यान से सुनो" कहते-कहते रुक कर उसने गाड़ी से कुछ डब्बे और बड़े ठोंगे निकाल के सुगंधा को पकड़ा दिए "यह कुछ कपड़े मैं तुम्हारे लिए और साधु भाई के लिए लेकर आयी हूँ, कल रात की दावत लाट साहिब के यहाँ है।" सुगंधा ने तोहफ़े हाथ में लेकर साधुराम की तरफ़ देखा और सकुचाते हुए कहा "...लेकिन एई शोब का क्या जोरूरत था दीदी," "दीदी भी कहती हो और ज़रूरत की बात भी करती हो। दावत लाट साहिब की तरफ़ से है लेकिन यह मेरी तरफ़ से, बिल्कुल मेरी जैसे साड़ी, तुम कहती थी ना ऐसी साड़ी तुम्हें पसंद है इसलिए, और जहाँ तक दावत की बात है तो मैं ख़ुद बोल देती हूँ..." इतना कहकर, मुख़्त्यार साधुराम के पास गयी "सलाम, साधु भाई! लाट साहिब ने दावत पर बुलाया है, हुक्म की तामील की जाए," और मेरी तरफ़ पलट कर कहा "जनाब! आप भी नेवता क़ुबूल करिए, अपने लोगो के साथ ज़रूर तशरीफ़ लाइएगा" इतना कह के सुगंधा और मुख़्त्यार जान गाड़ी के पास वापस चले गए। तभी पिटुआ और गोपी दुकान पर आए "साधु भईया, एक बीड़ी देना!" गोपी थोड़ी दूरी पर खड़ा होकर मेम साहिब को निहारने लगा। पिटुआ ने गोपी से पूछा "गोपी! तुमको सिगरेट लेना है" पिटुआ की बात को अनसुनी करके गोपी एक टक बांधे मेम साहिब को घूरे जा रहा था और तब तक देखता रहा जब तक मेम साहिब की गाड़ी धड़धड़ाती हुई आँखों से ओझल ना हो गयी। पिटुआ और गोपी बीड़ी लेकर वहाँ से चले गए।

जीजाजी कहानी सुनाते-सुनाते भावुक हो गए, उनकी आँखें डबडबा गयी थीं। दादा के चेहरे पर भी मायूसी छा गयी। जीवन में ऐसा तभी होता है जब कोई अपना हमें छोड़कर चला जाए या कुछ ऐसा हो जाए जिसके होने की थोड़ी-सी भी संभावना नहीं हो। हम तीनों के बीच एक अपरिचित-सी शांति पैदा हो गयी, ऐसा लग रहा था, जीजाजी और दादा का बस शरीर मेरे सामने था लेकिन उनकी आत्मा किसी और समानांतर आयाम में भटक रही थी। मुझे थोड़ा अटपटा लगने लगा, अब इस अटपटी चुप्पी को तोड़ना ज़रूरी हो गया था इसलिए मैंने डरते-डरते कहा "फिर? फिर क्या हुआ?"

मेरी बात सुनते ही जीजाजी का ध्यान थोड़ा भटका और हल्की ही मुंडी हिला के उन्होंने फिर से बोलना शुरू किया "दिवाकर बाबू! अक्सर वो होता है जिसे नहीं होना चाहिए, लेकिन यह कौन तय करेगा की क्या होना चाहिए और क्या नहीं। असल में होनी तो वही है जो होता है। जो घटता है उसे घटना ही होता है, उसे कोई भी रोक नहीं सकता। 'होनी' से बड़ा कोई नहीं। क़रीब तीन-चार महीनों के बाद, वही मैं, वही पता, वही दुकान, लेकिन वह समय नहीं था, वह माहौल नहीं था, वह साधुराम नहीं था और ना वहाँ सुगंधा ही थी। हमेशा की तरह मैं साधुराम की दुकान पर सिगरेट के लिए रुका "एक डिबिया 555 का देना साधु भाई," साधुराम अपने ही धुन में डब्बे सैंत रहा था, उसने खीजते हुए आवाज़ लगाई "अरे सुगंधा ...ssss एक सिगरेट का डब्बा निकाल के ....!" और फिर अचानक से जैसे उसे सौ वॉट का झटका लगा हो, रुक कर वह अवाक-सा मेरी तरफ़ देखने लगा। झट दराज़ से एक सिगरेट का डब्बा निकाल कर उसने मेरे सामने रख दिया। उसकी आँखों से आंसू की एक धार निकली और बारिश में जैसे छत रिसती है वैसे उसके चेहरे पर बहने लगी। साधुराम के चेहरे पर एक लंबा-सा चोट का निशान था, आँखों में गड्ढे, दाढ़ी बढ़ी हुई, बाल मटमैले, जिसे देख-कर ऐसा लग रहा था जैसे उसने कई दिनों से ना नहाया हो और ना खाया हो। साधुराम ने बोतल से थोड़ी शराब स्टील के ग्लास में डाली और उसे ऐसे पी गया जैसे कोई ज़रूरी दवाई हो। सुगंधा की दीवार पर टंगी फोटो को देख कर मैंने कहा "साधु भाई, हम सबके लिए वर्तमान और अतीत का अंतर बनाए रखना उतना ही ज़रूरी है जितना अंतर ज़िंदा और मुर्दा में रखना होता है, अपने आप को सम्भालो साधु, अब तीन महीने हो चुके हैं, हम सभी ने पूरी कोशिश कर ली है और अभी भी कर ही रहे हैं" साधु ने मेरी आँखों में देखा और बिना कुछ कहे हाथ जोड़ लिए। मैंने सिगरेट के पूरे पैसे दिए और चुपचाप एक सिगरेट सुलगा ली। उसने जिस तरह से मेरी तरफ़ देखा था उससे मेरे शब्द ही ख़त्म हो गए थे।

साधुराम ने, शराब की बोतल को मुँह से लगा कर, उसमें बची हुई शराब को ख़त्म किया और फिर दुकान की दीवार से टेक लगा कर, ज़मीन पर बैठ

गया और फफक-फफक कर रोने लगा। तभी दुकान के बाहर एक बूढ़ा भिखारी आया और जिबृश में कुछ बोलने लगा। यह पागल बूढ़ा, अक्सर जंगल की तरफ़ भटकता रहता था। इसके चेहरे पर मिट्टी और मैल की पपड़ी जमी हुई थी, चेहरे और शरीर पर माँसपेशियों की जगह सिर्फ़ चमड़ी लटक रही थी, मुँह पिचका हुआ, दाँत गंदे और भूरे जो बस एक दो ही बचे हुए थे, कानों से पीब निकल रहा था। वह हाथ में, धूल और गंदगी से भरा कंबल लिए दुकान के सामने खड़ा हो गया, कभी हँसता और कभी रो-रो कर चिल्लाता। सबको पता था, वह प्रायः ऐसा ही किया करता था। कोई देवता कहता, कोई औघड़, पर था तो एक समाज से अलग रहने वाला पागल आदमी जिसका शायद कोई नहीं था। साधुराम दीवार से टेक लगाए उसे देखता रहा और रोते-रोते बड़बड़ाता रहा "अब कुछ नहीं रहा हमारे पास, सब ले गयी वह अपने साथ।" मुझसे उसकी यह हालत देखी नहीं जा रही थी। थोड़ी ही देर में बारिश होने लगी तो मैं वापिस थाने में चला आया।

उस शाम मुझे साधुराम की हालत देख कर बड़ी मायूसी हुई। कहीं ना कहीं मैं ख़ुद को भी साधुराम की इस हालत का दोषी मानने लगा था, क्योंकि मैं अब तक सुगंधा का कुछ भी पता नहीं लगा पाया था। मेरी ड्यूटी भी ख़त्म ही होने वाली थी। मैंने भी बोतल निकाल ली, अभी मैंने पहला पेग पीकर सिगरेट जलाई ही थी कि साधुराम, पी के धुत्त लड़खड़ाते हुए, कुर्सी के पास आकार खड़ा हो गया, "दरोगा जी! हमारी पत्नी सुगंधा का कुछ पता चला?" मैंने उससे वही बात दोहराई जो अब तक बोलता आया था "साधु, जब हम दावत के लिए रेल खण्डहर के रास्ते से जीप में जा रहे थे तब तुम हमें घायल हालत में मिले। उस दिन वहाँ बस लाट साहिब की गाड़ी मिली जो ख़ून से लथपथ थी और थोड़ी दूरी पर ड्राइवर, जो की मर चुका था। हमने तुम्हें अस्पताल पहुँचाया फिर मुख़्त्यार जान के पास भी गए उन्हें सब कुछ बताया लेकिन उन्हें भी कहाँ कुछ मालूम था। वहाँ क्या हुआ किसी को नहीं पता सिवाय सुगंधा के या फिर ड्राइवर के। वह दिन है और आज का दिन, ना सुगंधा मिली ना उसकी कोई भी निशानी। पता नहीं वह ज़िंदा भी है या फिर

रेल खण्डहर में उसे किसी जंगली जानवर ने मार दिया। कोई ठोस जानकारी हमें नहीं मिल पाई," साधुराम चीख़ उठा "नहीं उसका ख़ून हुआ है" और लड़खड़ाते हुए थाने से बाहर चला गया। उसके जाते ही रामखेलवन भागते हुए आया "साहब! साहब! साधुराम दारू पी के दुकान के सामने पड़ल है, मर गया शायद, हिल-डुल नहीं रहा है" ।

मैं, धनिराम और रामखेलवन थाने से बारिश में भीगते हुए, भाग के साधुराम की दुकान पर पहुँच गए। साधुराम सच में औंधे मुँह ज़मीन पर बेहोश गिरा हुआ था। जैसे हम वहाँ पहुँचे, धनिराम चौंक उठा। उसे जैसे साँप सूंघ गया हो, "मेहमान, कोई साधुराम के ऊपर झुक कर ....उसके मुँह से अपना मुँह लगा रहा है" धनिराम ने डरते-डरते कहा। मैंने उसकी फ़ालतू बात का उत्तर देना ज़रूरी नहीं समझा क्योंकि मेरे सामने साधुराम, अधमरी हालत में ज़मीन पर पड़ा था, मेरे लिए उस वक़्त वही ज़रूरी था। धनिराम डर के मारे काँपने लगा और वहीं जीप के पास खड़ा रहा, मैंने अकेले ही किसी तरह, शराब के नशे में धुत्त, अधमरे साधुराम को उठाया और जीप की पिछली सीट में डाल दिया। दुकान के बाहर वही बूढ़ा भिखारी खड़ा मुस्कुरा रहा था और हाथ से ले जाने का इशारा कर रहा था। उस समय तो मैंने उसे अनदेखा कर दिया और धनिराम को कहा "तुम पीछे साधुराम के साथ बैठो, मैं गाड़ी चलाता हूँ," धनिराम बिल्कुल चुप हो गया था, उसने कोई जवाब नहीं दिया। मैं जीप स्टार्ट करके हॉस्पिटल की तरफ़ बढ़ने लगा। मेरे दिमाग़ में तब कोई भी भावना उत्पन्न नहीं हो रही थी, मुझे बस जीप की हेडलाइट से चमकती हुई सड़क दिख रही थी और हॉस्पिटल पहुँचने की जल्दी। "मेहमान....!" धनिराम ने हकलाती ज़ुबान में कहा। "क्या हुआ?" मैंने गाड़ी के मिरर में देखा की धनिराम साधुराम को क़रीब जाकर बड़े गौर से देख रहा था, "ज़िंदा है कि मर गया..?" मैंने पूछा, "पता नहीं मेहमान, मर गया कि ज़िंदा है, हिल-डुल नहीं रहा है" धनिराम ने काँपती हुई आवाज़ में कहा और भयभीत आँखों से फिर से उसे देखने लगा।

अंब्रेला मैन

मैंने जीप सीधे हॉस्पिटल के सामने लाकर रोकी। बारिश छप्पनकोट हो रही थी। भीगते हुए मैंने और धनिराम ने मिलकर साधुराम को जीप से उतारा और हस्पताल के भीतर ले गए। एक तो गाँव का हस्पताल ऊपर से सरकारी, कॉरिडोर में बस दो ही बल्ब जल रहे थे। बल्ब के ऊपर मकड़ियों ने कशीदाकारी कर रखी थी जिससे उस बल्ब की रौशनी और भी कम हो गयी थी। अब तक हमने साधुराम को स्ट्रेचर पर लिटा दिया था और धनिराम डॉक्टर को ढूँढने के लिए चला गया था। अस्पताल के वातावरण से मनहूसियत और बेचैनी झर-झरकर ऐसे गिर रही थी जैसे पुरातत्व विभाग द्वारा ढूँढी हुई किसी पाँच सौ साल पुरानी दीवार से सुर्ख़ी लाल मिट्टी भुरभुरा के गिरती हो। थोड़ी देर में धनिराम डॉक्टर साब को ले आया, वह जैसे अभी नींद से उठकर आए हों। मैंने कहा "डॉक्टर साब! यह साधुराम है, शराब के नशे में धुत्त बारिश में पड़ा था, साँस तो चल रही है लेकिन इसकी हालत ठीक नहीं लग रही," "ठीक है! हम व्यवस्था करते हैं, हालत ठो तो खारप होते परता है, किंतु आपनी चिंता नेही कोरो... अ ..ब .. अभी हम इंजेक्शन दे देता है, सुबह ही पता चलेगा,

ख़ून का जाँच करना पड़ेगा, स्टूल का जाँच होगा...sss" साधुराम के शरीर की जाँच करते हुए डॉक्टर बोलता ही चला गया और इधर मैं और धनिराम स्ट्रेचर पर बेसुध पड़े साधुराम को देखते रहे। मैं उसे देखकर भावुक हो गया था, मेरी आँखों में आँसू आ गए। उस अस्पताल की हालत को देखकर, मेरा साधुराम को वहाँ छोड़कर जाने का मन तो नहीं था लेकिन इसके अलावा मेरे पास दूसरा कोई रास्ता भी नहीं था।

मैं और धनिराम, साधुराम को हस्पताल में डॉक्टर बंगाली के पास छोड़ कर बाहर आए और जीप के पास आकर रुक गए, बारिश थम गयी थी। भीगने के कारण ठंड लगने लगी, मैंने जीप के बोनट पर रखे हुए सिगरेट के डब्बे को उठाया, एक सिगरेट निकाली, जलाई और असमान में धुआँ छोड़ते हुए धनिराम से पूछा "तुम काहे इतना डर गए?," "पता नहीं आपको विश्वास होगा की नहीं ... साधु के पास ... ए गो... चू...चुड़ैल देखे। जो उसका मुँह में मुँह सटा के बैठी थी। कहते है कि चुड़ैल, डायन, ई सब मृत आदमी का मुँह लगा के कलेजा खींच लेती है और फिर उसकी आत्मा को अपने वश में कर लेती है" धनिराम ने बहुत डरते हुए मुझसे यह बात कही। यह सुनते ही मैंने धनिराम पर ताना कसते हुए कहा "...और तुमको देखकर वह भाग गयी? तुम औघड़ बाबा है कि ज्ञानी बाबा? बड़का भाग गयी!! साला! तुम क्या क्या सोचता है रे? अरे तुम एक बहादुर इंस्पेक्टर का साला है, हेड कांस्टेबल बनने वाला है, थोड़ा हिम्मतवाला बनो!! हिम्...!" मैं अपनी बात पूरी करने ही वाला था की बहुत ज़ोर की बिजली कड़की और मैं चौंक गया। मेरी सारी हिम्मत हवा हो गयी थी। मेरी यह हालत देखकर धनिराम की ज़ोर से हँसी छूट गयी। थेथर हँसी हँसते हुए मैंने कहा "ठीक है ठीक है ... कोई बात नहीं ... अरे मौसम ख़राब है.. और इसको चौंकना कहते है बेटा रामप्रसाद .. जो तुम दु-दु मिनट पर करते हो, जो अभी थोड़ा देर पहले कँपकँपा रहे थे उसको भयभीत होना कहते हैं, डरपोक कहीं का," धनिराम चुप हो गया और उसने अपना सर झुका लिया। मुझे लगा कहीं मैंने ज़्यादा डाँट तो नहीं दिया? मैंने उसका मूड ठीक करने के लिए उससे पूछा "दारू पियेगा?"... धनिराम

चुप्पी साध चुका था, "फिर चुप है! अरे सधुआ के जैसा रोज़ थोड़े ना बोतल निपटाते हैं!" धनिराम ने मुस्कुरा के जीप में बैठते हुए कहा "हटिए! मेहमान! आप भी ना.. दीजिए गाड़ी हम चलाएँगे।" गाड़ी स्टार्ट करते ही बहुत ज़ोर से बिजली कड़की और हम वहाँ से घर की तरफ़ निकल गए।

दिवाकर! मैं ऊपर से चाहे जितना भी सख़्त क्यों ना दिखता होऊँ, भीतर से उससे कहीं ज़्यादा कोमल हृदय है मेरा और धनिराम साला होते हुए मेरा मित्र भी तो था" जीजाजी की बात ख़त्म हुई और इधर भी ज़ोरों से बिजली चमकने लगी और हल्की बूँदा-बाँदी शुरू हो गयी। तभी जीजाजी ने खिड़की से आसमान की तरफ़ देखा और कहा "ठीक ऐसा ही मौसम था, हैं ना धनिया," "हाँ मेहमान, चार साल पार हो गया, यही महीना तो था। लगता है आज भी बहुत ज़ोर का तूफ़ान आएगा" जवाब में धनिराम ने कहा। "दिवाकर बाबू, मदिरा का सेवन करेंगे?" जीजाजी ने मुझसे पूछा, मैंने तपाक से जवाब दिया "पकौड़ी छान दें हम, बढ़िया प्याज़ु बनाएँगे जीजाजी, आएँ! धनिया दा, छानें?," दादा अभी तक असमान की तरफ़ ही देख रहे थे की अचानक उन्हें कुछ याद आया हो "अरे मेहमान!!! हम तो गेहूँ फैला के आए थे छत पर। आप लोग बात करिए हम आधा घंटा में घर जाकर आते हैं। दिवाकर तुम जीजाजी के साथ बैठो, आज बढ़िया मौका मिला है, छोड़ना नहीं है मेहमान को।" कहते हुए दादा वहाँ से चले गए। उनके जाते ही जीजाजी भी उठ गए, "ठीक है, चलो दिवाकर तुम अंदर बैठ जाओ, तुमको थोड़ा इंतज़ार करना पड़ेगा, हम काली बाड़ी से आते हैं। साँझ का आरती का समय हो गया है। यह लो तुम तब तक किताब पढ़ो।" मुझे किताब पकड़ा कर छाता खोलते हुए वह घर से बाहर चले गए।

मुझे समझ नहीं आया कि इतने ख़राब मौसम में दोनों वहाँ से चले गए लेकिन मैं कर भी क्या सकता था। अक्सर लोग अनाज धूप में सुखाने के लिए उसे छत पर फैलाते हैं और जिस लाइन में अभीर बाबू थे तो उसमें देवी दुर्गा की पूजा करना तो बहुत ज़रूरी था। मैं जीजाजी की दी हुई किताब पढ़ने लगा। मुझे अच्छी तरह से याद है वह किताब रीडर्स डाइजेस्ट थी। बड़े ही

मॉडर्न तांत्रिक थे जीजाजी, अंग्रेज़ी पत्रिका पढ़ने वाले। अंग्रेज़ी पढ़ने में मुझे कुछ ख़ास रुचि नहीं हैं। मैं बोर होने लगा और मुझे हल्की-हल्की झपकी आने लगी। खिड़की से ठंडी-ठंडी हवा और आँखों में हल्की-हल्की नींद मुझे एक सुखद अनुभूति दे रही थी, कमी थी तो बस एक कप चाय की। एक बड़ी जम्हाई के बाद मैंने एक पन्ना पलटा और जाने कब मेरी आँख लग गयी। तभी एक आदमी छाता बंद करता हुआ दरवाज़े के पास आकर खड़ा हो गया, मुझे लगा जीजाजी आ गए, लेकिन वह जीजाजी नहीं कोई और ही था, “आप कौन?,” “जी हम?” हँसते हुए उसने छाता बंद किया और छाते से पानी की बूँदें झाड़ता हुआ, छाते को दरवाज़े के ठीक कोने में खड़ा करते हुए कहा “आप दिवाकर हैं ना? हमारा चाय का छोटा-सा गुमटी था थाने के पास, अभीर भईया की मदद से आज हमारा दूध का बहुत बढ़िया कारोबार है, उन्हीं के लिए दूध लाए हैं, रोज़ लातें हैं” कहकर उसने हाथ में पकड़ी दूध की बाल्टी एक कोने में रख दी और कंधे पर लटकते झोले से निकाल कर एक थर्मस टेबल पर रख दिया। मैंने कहा “जीजाजी तो काली बाड़ी गए हैं,” उसने तपाक से जवाब दिया “हाँ मालूम है, तभी तो हम यहाँ आ गए, धनिया भाई मिले थे, उन्होंने हमको बताया की दिवाकर बाबू घर पर हैं, उनके लिए चाय ले कर जाएँ।” इतना कहते हुए वह मेरे सामने रखी स्टूल पर बैठ गया। उस आदमी ने जैसे मेरी कामना पूरी कर दी थी। काश मैंने कुछ और बड़ा सोचा होता, तो शायद वह भी पूरा हो जाता। चाय का थर्मस देखकर मेरे चेहरे पर चाय की लालसा, लालिमा बन के चमक गयी और इस बात को वह आदमी भाँप गया, “दो प्याली लेकर आइए दिवाकर बाबू” उसने झट से कहा और मैं फट से दो प्याली ले आया। चाय प्याली में डालते हुए उसने कहा “असल में हम भी एक बाधा में फँसे हुए हैं, इसलिए अभीर भईया से मिलने आए थे, लेकिन आप मिल गए,” “बाधा मतलब?” मैंने चाय की चुस्की लेते हुए पूछा। “समझ लीजिए जीवन और मृत्यु के बीच हूँ! ख़ैर छोड़िए, आप यह बताइए कि चाय कैसी है?” मैंने फिर से अपनी तर्जनी और अंगूठे को मिलाकर ‘परफेक्ट’ का चिन्ह बना दिया और कहा “थाने के बग़ल में चाय की गुमटी थी तो आप भी साधुराम को जानते ही होंगे?,” उसने बड़ी संवेदनशीलता से

हाँ में सर हिलाया "बहुत नज़दीक से जानते थे हम साधुराम को, उसके साथ तो बहुते बुरा हुआ, मानिए तो सच नहीं तो सुनी सुनाई बात।" "सुनाइए ना फिर, तब तक जीजाजी भी आ जाएँगे" मैंने उत्सुकता में कहा।

छाते वाले आदमी ने चाय की घूँट ली और बताना शुरू कर दिया, "एक रात साधुराम की तबियत ख़राब हो गयी, अभीर भईया ने उसको हस्पताल में दाख़िल करवा दिया। डॉक्टर, सलाइन लगा के घर चले गए। अगले दिन उसके ख़ून वगैरह की जाँच होने वाली थी। रात के बारह बजे साधुराम की आँखें खुलीं, उसका नशा शायद तब तक उतर गया होगा। उसके दाहिने हाथ में एक सुई लगी हुई थी, जिसमें लटकी हुई बोतल से दवाई उसकी नसों में जा रही थी। उसने अपने हाथ से सुई निकाली, चप्पल पहना और अस्पताल के बाहर चुपचाप निकल गया।

बारिश हल्की हो चली थी, साधुराम रोड नंबर उन्यासी पर साइकिल लिए पैदल ही अपनी बस्ती की तरफ़ निकल पड़ा। कुत्ते उसे देखकर अजीब तरह से भौंक रहे थे लेकिन कोई भी कुत्ता साधुराम के पास आने की हिमाक़त नहीं कर पा रहा था। बारिश से धुली हुई उस सड़क पर दूर-दूर तक इन आवारा कुत्तों के सिवाय और कोई भी नहीं था। हवा में ठंडक थी और हल्की-हल्की फुहारों से साधुराम का चेहरा गीला हो गया। सुनसान सड़क में बस साधुराम के कदमों की 'थप-थप' और साइकिल के चैन की 'किर्र-किर्र' सुनाई दे रही थी। इससे पहले कि साधुराम अपनी बस्ती की तरफ़ मुड़ता उसे रेल खण्डहर से आती रौशनी दिखी। वह साइकिल ज़मीन पर छोड़कर, खण्डहर की तरफ़ चल पड़ा। सुनसान सड़क पार करके साधुराम खण्डहर के ठीक सामने पहुँच गया। वह मंत्रमुग्ध-सा, खुले हुए दरवाज़े के सामने थोड़ी देर तक खड़ा रहा। खण्डहर का दरवाज़ा थोड़ा खुला हुआ था। अचानक उस दरवाज़े के छज्जे से पानी की एक बूँद उसके चश्मे पर गिरी और उसको मानो जैसे किसी ने गहरी नींद से जगा दिया, वह बड़बड़ाया "आज यह खुला कैसे...? आज से पहले तो कभी .. कभी खुला नहीं देखा... चल क्या रहा है? अभी यह सब सोचते हुए वह अपना चश्मा साफ़ ही कर रहा था की अचानक दरवाज़े के अंदर देख

कर वह चौंक गया। "दरवाज़े में..." छाते वाला आदमी कहते-कहते रुक गया। मैं अपने नाख़ून चबाते हुए सुन रहा था, जैसे ही वह रुका मैंने तपाक से कहा "क्या?..... क्या था दरवाज़े में?," उसने जवाब दिया "काली मैइया।" मैंने झट से पूछा "जीती जागती काली मईया..???" मेरी उत्सुकता चरम सीमा पर थी। छाते वाले आदमी ने ठहाका लगाया "हा हा हा! अरे! सुनो तो, अभी तो कहानी का सबसे दिलचस्प भाग आने वाला है। उस खण्डहर में काली माता की बड़ी-सी मूर्ति थी, जिसकी बड़ी-सी लाल जीभ लपलपा रही थी। अभी साधुराम यह सब देख ही रहा था कि ख़ून से सने हुए दो हाथ दरवाज़े की तरफ़ बढ़े और खण्डहर का दरवाज़ा बंद कर दिया। साधुराम को लगा जिसने भी ये दरवाज़ा बंद किया था वह उसे देख नहीं पाया होगा क्योंकि साधु तुरंत कूद के दीवार की ओट में छिप गया था। "खून!! या किसी की बलि चढ़ रही है... या फिर ...कोई डकैत हो शायद?" बड़बड़ाते हुए डर के मारे वह अपनी बस्ती की तरफ़ भाग खड़ा हुआ। साइकिल पे सवार जल्दी-जल्दी वह अपनी बस्ती पहुँचा। बस्ती बिल्कुल वीरान थी। साइकिल खड़ी करके वह बस्ती को और अपने उदास घर को घूरने लगा। हैरानी यह थी कि बस्ती में सूखा पड़ा था, पानी की एक बूँद भी नहीं थी जबकि अस्पताल से लेकर रेल खण्डहर तक सब कुछ भीगा हुआ था। साधुराम की समझ में कुछ नहीं आ रहा था।"

छाते वाले को रोकते हुए मैं एक जिज्ञासु बालक की तरह सवाल कर बैठा "जब बस्ती इतनी सुनसान थी, तो रेल खण्डहर जैसे भूतिया और संदिग्ध जगह में रहने की क्या लाचारी रही होगी साधुराम की, आप लोगों ने कभी उसे समझाया नहीं कि...," "चच..चच!! वह हमारा पुश्तैनी मकान था। शुरू से यही सन्नाटा हमारा मित्र था और यही अब अच्छा भी लगने लगा था। बस कभी-कभी कोई आहट मुझे चौंका देती थी, वह कुछ भी होती तो मुझे लगता वह मेरी पत्नी सुगंधा ही है," यह सुन के मेरे कान फिर से एक बार खड़े हो गए "एक मिनट!! ... आपका पुश्तैनी मकान? आपकी पत्नी ... सुगंधा? हैं?," "अरे! मतलब ... साधुराम का पुश्तैनी मकान ..साधुराम की पत्नी.. अच्छा

एक बात बताइए, दुनिया की सबसे तेज़ चीज़ क्या है? ना ना .. गाड़ी, घोड़ा, चीता, सूरज की रौशनी, इन सबसे भी तेज़," यह पूछ कर छाते वाले आदमी ने बात बदल दी, मैंने रूखे सुर में उत्तर दिया "आप ही बता दीजिए, ज्ञानी जी," "हमारा मन, हमारी यादें, संदेह, जो अभी आपको मेरे ऊपर हुआ, या फ़िर भूत -प्रेत या भय, जो अभी आपको हो रहा है, माफ़ कीजिएगा भूत नहीं आत्माएँ! यह सब कहीं भी, कभी भी आ जा सकते है, इन सबके लिए कोई रोक-टोक नहीं है। साधुराम की कहानी बहुत उदास है, मेरे मन की गति बहुत धीमी हो जाती है दिवाकर बाबू! उस दिन साधुराम के जीवन की गति भी मेरे मन की गति के जैसी ही थी, उदास... धीमी।"

"लाचार से, साधुराम ने, चुपचाप अपने घर का दरवाज़ा खोला और आँगन से होते हुए अपनी कोठरी की तरफ़ बढ़ने लगा। कोठरी से मटके के गिरने की आवाज़ आयी, उसने झाँका तो देखा की एक आदमी ख़ून में लथपथ, मटके के टूटे हुए टुकड़ों को चाट रहा है। वह लपक के कोठरी के अंदर गया तो देखकर आश्चर्यचकित रह गया क्योंकि कमरे में कोई भी नहीं था। उसने पास रखे हुए मटके को उठाया तो देखा की मटका टूटा पड़ा है, मटके पर ईस्टर्न रेलवे लिखा हुआ था। "ईस्टर्न रेलवे??? ऐसा घड़ा तो मेरे पास नहीं है" साधुराम बड़बड़ाया। उस मटके की सतह में बहुत थोड़ा-सा पानी बचा हुआ था जिसमें कीड़े रेंग रहे थे। साधुराम ने मटके को तुरंत फेंक दिया, आवाज़ आयी 'टन्नन न न न'। सब कुछ उल्टा-पुल्टा हो रहा था, मिट्टी के टूटे घड़े से 'टन्न' की आवाज़? ध्यान से देखा तो पूरे कमरे में पानी बिखरा हुआ था और काँसे का मज़बूत, मोटा-सा मटका, ज़मीन पर लुढ़क रहा था जैसे कोई मोटा सेठ अपनी गद्दी पर लुढ़कता हुआ लोटपोट कर हँस रहा हो। साधुराम को पुरानी स्मृतियाँ घेरने लगीं और दर्द के मारे उसका सर फटने लगा। रोज़ कुएँ से, सुगंधा, उसी मटके में पानी भर के लाती थी और रोज़ उसे ताना मारती "कभी तो ख़ुद से पानी भर लिया करो, मैं नेही रहूँगी तो कौन भरेगा फिर ...!" मुझे सुगंधा के साथ बिताए हुए पुराने पल याद आने लगे। तंग आकर मैंने फिर से शराब की बोतल उठा ली और पीने लगा। मेरे पेट में दर्द होने लगा और ...,"

मैंने फिर से उसे बीच में रोका "एक मिनट.. आपके पेट में दर्द उठा? आप बोल रहे हैं कि आप तड़पने लगे?" मुझे संदेह हुआ की यह बातूनी आदमी मनघड़ंत कहानियाँ बना रहा है, लेकिन बात घुमाने में वह फिर कामयाब हो गया, उसने कहा "मेरा मतलब है 'वह तड़पते लगा... दिवाकर बाबू', आपको पता है दिवाकर बाबू, शराब इंसान को हर तरह से खोखला कर देती है। डॉक्टर का कहना था कि ज़्यादा पिएगा तो मर जाएगा ...अब बताइए यह जीना भी कोई जीना है? सिगरेट पीते हो दिवाकर बाबू?," मैंने कहा, "हाँ! पीता तो हूँ। है क्या आपके पास," उसने हँसते हुए अपने पाकेट से एक 555 सिगरेट की डिबिया निकली और कहा, "बारिश रुक गयी है बाहर चलें क्या?" मुझे बाहर जाकर ही सिगरेट पीना ठीक लगा। बाहर जाकर हमने सिगरेट जलायी और टहलते हुए बात करने लगे।

"हाँ! तो कहाँ थे हम, हाँ ...साधुराम दर्द से कराहने लगा, तभी उसे रसोई घर के कोने में दो आँखें दिखीं। वह आँखें धीरे-धीरे आगे बढ़ने लगीं और साधुराम की आँखें ख़ौफ़ से बड़ी हो गयीं। उसके सामने एक साँवली औरत खड़ी थी। यह वही साँवली औरत थी जिसे साधुराम ने उस दोपहर बरगद के पेड़ के नीचे देखा था। कान में लाल फूल, लंबे-लंबे बाल, लाल ख़ूनी आँखें। उसके गले में बड़ा-सा चीरा लगा हुआ था और उससे निकलता ख़ून, उसकी छाती से बहता हुआ ज़मीन पर टपक रहा था। धीरे-धीरे वह साधुराम की ओर बढ़ने लगी। उसे कभी सुगंधा दिखाई देती तो कभी वह दुष्ट साँवली औरत। सच्चाई और भ्रम में फ़र्क़ कर पाना मुश्किल हो रहा था उसके लिए। साधुराम अवाक होकर दीवार से चिपक गया, काटो तो ख़ून नहीं। जैसे ही उस औरत ने अपना मुँह खोला उसका गला उसके धड़ से आधा कट के लटक गया और उसने एक गगनभेदी वेदनाभरी आवाज़ की। साधुराम घर से निकलकर बाहर भागने लगा।

सारे के सारे दरवाज़ों पर ताला लगा हुआ था, किसी भी घर में कोई नहीं था, अचानक से पूरी बस्ती ख़ाली हो गयी थी। घबराहट से साधुराम का दम फूलने लगा। वह ज़मीन पर गिरके ऐसे तड़पने लगा जैसे कि कोई उसका

गाला घोंट रहा हो। उसने अपनी सारी माँसपेशियों की शक्ति जुटाई और उठ कर बेतहाशा भागने लगा। भागते-भागते वह खण्डहर के पास पहुँच गया। वहाँ पहुँच कर उसने देखा कि दरवाज़ा अंदर से बंद नहीं था, उसी घबराहट में वह अंदर घुस गया। जिसे वह काली माता समझ रहा था वह एक पुराने पेड़ का ठूँठ था और वह लपलपाती जीभ बस एक पुराना-फटा, लाल चीथड़ा था जो बारिश में भीग के हवा से हिल रहा था। साधुराम को थोड़ा चैन आया। तभी उसने देखा कि उसी ठूँठ के पास एक आदमी ख़ून में लथपथ बैठा हुआ था, शायद कोई चोर था, शायद उसे चोट भी लगी थी, वह दर्द से कराह रहा था। साधु वहीं दरवाज़े के पास छिप कर बैठ गया। थका तो था ही, इसलिए उसे तुरंत नींद आ गयी।

अगली सुबह जब वह अपनी बस्ती पहुँचा तो देखा कि अभीर सिंह और धनिराम गाड़ी से एक लाश उतार रहे हैं। साधुराम उनके पास गया और जब उसने वह लाश देखी तो चौक उठा, "दिवाकर! मैं अपनी ही लाश को देख रहा था। मेरी मृत्यु रात को हस्पताल ले जाने से पहले, दुकान में ही में ही हो गयी थी।" यह कहते ही छाते वाला आदमी वहीं बैठकर फूट-फूट के रोने लगा।

मेरी तो सिट्टी-पिट्टी गुम हो गयी, मुझे काटो तो ख़ून नहीं। हिम्मत जुटा के मैंने नीचे देखा तो वहाँ कोई भी नहीं था, पूरे वातावरण में बस उसकी वेदना सुनाई दे रही थी। मेरी माँसपेशियाँ शिथिल हो गयीं और मेरा शरीर मरोड़ने लगा। उसके बाद मुझे बस इतना याद है कि मेरी आँख कमरे में खुली, दादा सिरहाने और जीजाजी पैर के पास लाल मिर्च, प्याज़ और लहसन के छिलके लिए खड़े थे। मेरे शरीर में जैसे ताक़त ही नहीं थी। बड़ी मुश्किल से मैंने दरवाज़े की तरफ़ देखा, कोई छाता नहीं था ना ही कोई चाय की प्यालियाँ थी लेकिन टेबल पर दो प्यालियों के रखने की छाप थी, जिससे साफ़ पता चल रहा था कि मैंने कोई सपना तो नहीं ही देखा था। पर क्या यह हो सकता है कि साधुराम का भूत सच में चाय लेकर आया हो?

रोड नंबर उन्यासी

जीजाजी ने बताया की जब वह काली बाड़ी से वापस आ रहे थे तब मैं घर के बाहर वाली पगडंडी के नीचे, झाड़ियों में, बेहोशी की हालत में, कँपकँपाते हुए पाया गया। मेरे दाँत आपस में भिंचे हुए थे, शरीर अकड़ा हुआ, गले में साँस अटकी हुई थी और "ईईएए ...." की आवाज़ आ रही थी जैसे कोई गला दबा रहा हो। जीजाजी मुझे उठा के घर लेकर आए। मैं कुछ बड़बड़ाए जा रहा था जिसे समझना मुश्किल ही नहीं नामुमकिन था। धनिया दा भी थोड़ी देर में आ गए। मेरी आँखों के आगे अंधेरा हो गया था मानो किसी ने मेरे साथ नशाख़ुरानी की हो। मैं ठीक से देख नहीं पा रहा था, सब धुँधला था। उसी धुँधली दृष्टि से मैंने देखा कि जीजाजी हाथ में कुछ लाल मिर्च, प्याज़ और लहसुन के छिलके पकड़े मेरे पैर के पास घुमा रहे थे। मुझ पर कुछ आटे जैसा भी गिराया गया। मुझे धीरे-धीरे होश आने लगा। ऐसा लगा जैसे मेरी छाती पर रखा हुआ कोई बहुत भारी पत्थर हटा दिया गया हो, जिससे मेरी साँस वापस आ गयी। मैं काफ़ी बेहतर महसूस कर रहा था। मैं उठकर बैठ गया और मैंने देखा की दरवाज़े के पास थोड़ी-सी आग जल रही है। जीजाजी

ने सूखी पाँच छह लाल मिर्चियाँ और प्याज़-लहसुन के छिलके उसी आग में डाल दिए। देखते-देखते जो धुआँ पैदा हुआ वह पूरे कमरे में फैल गया पर मैं यह देखकर आश्चर्यचकित था की धुएँ में लाल मिर्च की ज़रा भी महक नहीं थी, जबकि घर में खाँस-खाँस कर हालत ख़राब हो जाती थी अगर माँ रसोई में एक भी मिर्च का छौंका लगा देती। इसका मतलब यह कि जब जलाने पर मिर्च की गंध ना आए तो समझ लीजिए किसी नकारात्मक ऊर्जा या किसी भूत प्रेत से संपर्क हुआ है। बाल-बाल बचा लिया गया था मुझे। मैं अपने रिसर्च के लिए बिल्कुल फर्स्ट हैंड एक्सपीरियंस ले रहा था।

"दिवाकर! दिवाकर!!...अब ठीक हो?" जीजाजी ने मेरे सर पर हाथ फेरते हुए कहा और मैं, डरा हुआ, अभी तक टेबल पर लगी हुई प्यालियों की छाप को देख रहा था। दादा ने मुझे पानी का ग्लास पकड़ाते हुए पूछा "तुम बाहर कहाँ घूम रहे थे जी? तुमको तभी तो इशारा किया था कि तुम आगे चले जाओ? आएँ..? अचानक बाहर काहे आए?" जीजाजी की आँखें मेरी आँखों का अनुसरण करते हुए, जो अभी तक भयभीत होकर टेबल की तरफ़ देख रही थीं, टेबल पर लगे दाग़ को देखते हुए फिर से मेरी आँखों से टकराईं। उनकी आखों में एक सवाल था, "स ....स स साधु.. साधुराम" मैंने डरते हुए लड़खड़ाती ज़ुबान में कहा। साधुराम का नाम सुनते ही जीजाजी की भौंहें सिकुड़ने लगीं उन्होंने दादा की तरफ़ देखा फिर मुझसे कहा "साधुराम? शुरू से बताओ हुआ क्या?," मैंने बताना शुरू किया, "एक छ ... छाते.. वाला आदमी आया था, उसने कहा कि उसकी दूध की डेरी है और वह यहाँ रोज़ दूध पहुँचाता है... और वह आपको जानता है। हम बात करने लगे, मैंने उससे कहा कि साधुराम के बारे में बताए, फिर हम साधुराम के बारे में बात करने लगे... फिर हम सिगरेट पीने बाहर चले गए और .... साधुराम की कहानी बताते-बताते.... वह ख़ुद फूट-फूट के रोने लगा...और फिर ... ग़ायब हो गया, उसके बाद मुझे कुछ भी याद नहीं।"

दादा और जीजाजी चुपचाप मुझे सुन रहे थे। वह कभी मुझे तो कभी एक दूसरे को देखते। "जीजाजी अगर आप लोगों को मेरी बात झूठ लग

रही है तो यह बताइए कि मुझे कैसे पता की साधुराम अस्पताल पहुँचाने से पहले ही मर गया था और आप और दादा ने उसकी लाश सुबह एम्बुलेंस से उतरी, और ...मुझे कैसे पता कि साधुराम का वह पुश्तैनी मकान था," जीजाजी ने मेरे हाथ से ग्लास वापस लिया और मेरे हाथ को अपने हाथ में लेते हुए, अपनी आँखों को बंद किया और कुछ मंत्र पढ़ने लगे, फिर मेरी हथेली में काली बाड़ी से लाया हुआ एक फूल रखा और मुस्कुराते हुए कहा "चलो अच्छा हुआ तुम्हारा फर्स्ट हैंड एक्सपीरियंस हो गया... लेकिन तुम अकेले ही इसके चपेट में आ गए इसका दुख है मुझे। दिवाकर होता यूँ है की अगर तुम किसी के लिए मन से भावुक होते हो या यूँ कहो कि किसी से कनेक्ट करने लगते हो तो वह तुमसे अपनी बात कहने के लिए तुमसे कनेक्ट कर लेता है। भूत-प्रेत-आत्माएँ, यह आपके आस-पास ही होती हैं लेकिन यह आपसे तभी जुड़ती हैं जब आपको भी इनमें इंटरेस्ट होता है या आप किसी प्रकार इनसे कनेक्ट कर जाते हो। तुम साधुराम की कहानी सुन रहे थे, राइट! जिसे सुनकर उसके प्रति तुम्हारे मन में भावनाएँ भी उत्पन्न हो रही थीं। तुम उससे कनेक्ट हो चुके थे, इसलिए साधुराम तुमसे मिलने चला आया। दिवाकर, माया और छलावा उसी दौरान आपके पास आती हैं जब आप सचेत और असचेत के बीच में पड़े हों," "लेकिन हमको हो क्या गया था, शरीर क्यों अकड़ गया था हमारा? फिर दम घुटना, कंपकंपी? यह सब क्यों हुआ?" मेरे मन में उठ रहे सवाल मेरे मुँह पर अपने आप आ रहे थे, "एनर्जी काँट बी क्रिएटेड नॉर बी डेस्ट्रायड। बिजली का झटका, एपिलेप्सी, यह सब क्यों होता है? जीजाजी ने समझाते हुए कहा "इलेक्ट्रॉन'....माने फॉर्म ऑफ़ एनर्जी।आत्माएँ भी एनर्जी ही हैं, तुम्हारे शरीर के साथ मिलते ही तुम्हारे शरीर ने पहले रिजेक्ट किया फिर ऐसे रियेक्ट किया और तुम्हारे शरीर और उस आत्मा, दोनों की मैग्निट्यूड मैच नहीं हुई इसलिए तुम्हारी यह हालत हो गयी। पहले मैं भी यह सब नहीं मानता था, लेकिन धीरे-धीरे जानने लगा। इस दुनिया में हम सभी को मानने के लिए कहा जाता है, जानने के लिए नहीं। जानना, मानने से ज़्यादा ज़रूरी है। मैं स्कूल में बच्चों को भी यही बताता हूँ, बस मानो मत, जानो भी! जानना, मानने से ज़्यादा ज़रूरी है॥"

"मतलब...मैं भी जान रहा हूँ जीजाजी... बेचारा सुगंधा से बहुत प्रेम करता था," मैंने गर्व महसूस करते हुए कहा। "हम्म! बहुत! बहुत ज़्यादा। बहुत आकर्षक महिला थी और उतनी ही मिलनसार भी, लेकिन दुनिया में बहुत ही कम समय लेकर आयी थी बेचारी" जीजाजी ने भावुक होते हुए कहा। मैंने फिर डरते-डरते कहा "अब तो कहीं नहीं जाना ना आपको जीजाजी?," "नहीं तो? क्यों?" उन्होंने कहा, "देख लीजिए, हम लोग फिर सुगंधा से कनेक्ट कर रहें हैं और इस बार सुगंधा की आत्मा आकर अपनी कहानी सुनाए उससे पहले उनके बारे में भी बता ही दीजिए।" "हाँ हाँ... आगे सुगंधा के बारे में भी बात करते हैं लेकिन उससे पहले कुछ भोजन किया जाए? कुछ व्यवस्था किया जाए! आएँ मेहमान?" दादा ने अपने मोटे पेट पर हाथ फेरते हुए कहा, "ठीक है, दाल भात भुजिया खाईएगा दिवाकर बाबू?," जीजाजी ने पूछा। "अन्हरा के दु गो आँख चाँही! एक दम खाएगा, ई तो इसका फ़ेवरेट है, ना जी!" दादा ने ख़ुश होकर ऐसे कहा जैसे 'दाल -भात- भुजिया" मेरा फ़ेवरेट कम उनका ज़्यादा था।

हम सब मिलजुल के दाल भात भुजिया बनाने में लग गए। वैसे दाल भात भुजिया बनाना कोई रॉकेट साइंस तो है नहीं, हर बिहारी परिवार में, बच्चे को भी दाल-भात भुजिया बनाना आता है, यह अलग बात है कि भले ही कभी उसने बनाया हो या नहीं, 'एवरीवन इज वर्जिन ओनली वन्स इन देअर लाइफ।' जीजाजी और मैं आलू काटने लगे, दादा ने भात और दाल का डिपार्टमेंट सम्भाला। आलू छीलते हुए जीजाजी ने बड़ी ही गंभीरता से कहा "दिवाकर जो दिख रहा है, माने जो नार्मल है, उसे अनदेखा किया जा सकता है, लेकिन जब अनदेखा हमें दिखने लगे तो वही हम सबके लिए सुपर नेचुरल बन जाता है। सुगंधा की कहानी एक हादसा थी या सुपरनेचुरल यह तो तुम्हें अंत में ही पता चलेगा, जैसे मुझे पता चला।

उस शाम मुख़्त्यार जान न्योता देकर चली गयी और सुगंधा, मेम साहिब का दिया हुआ तोहफ़ा हाथ में लिए गाड़ी को जाते हुए देखती रही। उसने साधुराम को देखा जो अभी भी मुख़्त्यार जान के आने से खिसियाए बैठा

था। सुगंधा, नज़र नीची करके, मुस्कुराते हुए दुकान के अंदर ऐसे चली गयी जैसे उसने मन ही मन साधुराम को मनाने की कोई योजना बना ली थी। साधुराम कितना भी चिढ़ा हुआ रहता, सुगंधा की मुस्कुराहट उसके चेहरे पर भी मुस्कुराहट ले आती थी। अभी थोड़ी ही देर हुई थी कि सुगंधा ने अपनी मीठी बंगाली आवाज़ में साधुराम को पुकारा, "शूँचो!!! एक्टू ऐखाने ऐशो!," "क्या हुआ? हिसाब कर रहा हूँ, वह भी नहीं कर सकता चैन से?" साधुराम ने खीज के चिल्लाते हुए कहा। सुगंधा ने फिर प्यार से बोला "एक जोरूरी काज है। अकेले नहीं कर पाऊँगी," बही खाता 'धम्म' से बंद करके साधुराम शटर गिराकर, बड़बड़ाता हुआ अंदर वाले कमरे में चला गया। सुगंधा ने फ़टाक से ज़मीन पर एक दरी बिछा दी। "बोलो क्या है? हिसाब ना करूँ ...." साधुराम के मुँह पर हाथ रखकर सुगंधा ने साधुराम को चुप करा दिया, "हाँ बाबा! काज कोरो! .. खूब कोरो ... किंतु ए खाबार पोर!" और दरी की तरफ़ बैठने का इशारा किया। बड़ी ही फुर्ती से एक थाली और कटोरे में उसके सामने बेगुनी और पायेश रख दिया यानी 'बैंगन की पकौड़ी और खीर' और ख़ुद बैठ कर पंखा करने लगी। साधुराम पिघल चुका था "तुम मेरी आदत ख़राब कर रही हो! जब दुकान नहीं आओगी तब क्या करेंगे हम... अब तो रोज़ तुमको दुकान आना पड़ेगा! अब यही सज़ा है तुम्हारी। आओगी ना?" कहते-कहते जब साधुराम ने पहला निवाला मुँह में डाला तब स्वाद से उसकी आँखें बंद हो गयी। पलक झपकते ही साधुराम ने पूरा खाना चटकर दिया।

साधुराम मन ही मन बहुत खुश हो गया था, सुगंधा जब भी उसके साथ ऐसा कुछ करती तो वह ख़ुद को बहुत भाग्यशाली समझता, "हम बहुत भाग्यशाली हैं जो हमको तुम्हारे जैसी पत्नी मिली" सुगंधा ने मौक़े पर चौका मारा और कहा "शुनो ना! मेम साहिब ने बहुत बार बोल दिया है, हम लोग चलेगा ना?," साधुराम लोटे से हाथ धोते-धोते रुक गया, उसने मुस्कुराते हुए कहा "अच्छा! तभी इतना मक्खन लगाया जा रहा था," सुगंधा ने थोड़े उदास लहजे में जवाब देते हुए कहा "ना ना, ता कोथा नोई। आप जो बोले! वैसे उन्होंने बहुत प्यार से बोला की लाट साहिब ने बुलाया है और यह नए कपड़े

भी भिजवाए हैं आपके लिए।" साधुराम को अब तक कपड़ों के बारे में मालूम नहीं था। कंजूस साधुराम यहाँ दुबारा पिघल गया और सुगंधा की बातों में बह गया, उसने कहा "अगर तुम्हारा मन है तो भला हम काहे मना करने लगे, हाँ यह बात सही है की हमको तुमरी दीदी ..थोड़ी ..," सुगंधा ने साधु की बात काटते हुए कहा "जाना कोई इतना ज़रूरी नहीं है, लेकिन इतना बार बोलने से एक बार जाना जोरुर चाहिए, आख़िर साहिब और दीदी के कारण ही आप एतो भाग्गोसाली बना है" और बर्तन को ज़ोर-ज़ोर से माँजने लगी। सुगंधा ने आख़िरी ब्रह्मास्त्र का उपयोग कर लिया था। वह रूठ चुकी थी। "अच्छा, हमको भी एक बात आज समझ में आ गया," साधुराम ने उसके पास जाकर मनाते हुए कहा तो सुगंधा ने उससे घूरते हुए पूछा "क्या?" साधुराम ने पीछे से उसे अपनी बाहों में भर लिया "यही की आदमी का दिल का रास्ता पेट से होकर जाता है..और पेट से फिर...," "छी! अशोभो" उसने साधुराम को झटक दिया, "क्या अशोभो! अब हम अपना पत्नी से प्रेम भी नहीं कर सकते? अच्छा! यह सब छोड़ो तुम तैयार हो जाओ, दुकान बढ़ा के हम भी तैयार हो जाते हैं, अब खुश?" सुगंधा पलट के उसके सीने में सिमट गयी, "हाँ! जोल्दी, नोतुन जामा पोड़े नाव ना! दीदी गाड़ी आठ बजे भिजवा देगा," लेकिन यह सुनके साधुराम थोड़ा परेशान हो गया, "जल्दी नहीं चल सकते? अभी थोड़े देर में? फिर रात हो जाएगी तो वापस आना ठीक नहीं होगा!," सुगंधा ने साधुराम को घूरते हुए कहा, "आप नेही जाना चाहते हो ना?," "...नहीं बाबा, हम ऐसे ही बोले, जाएँगे भाई, जाएँगे और रात को वहीं रुक जाएँगे, फिर तुम दीदी से रात भर गप मारना!" सुगंधा फिर से साधु से लिपट गयी लेकिन साधुराम किसी बात से परेशान हो गया था, बहुत परेशान।

मैंने फिर से जिज्ञासु बालक की तरह पूछ लिया "परेशान.. किस बात से?," "रेल खण्डहर से" जीजाजी ने तुरंत उत्तर दिया, "लोग शाम ढलने के बाद उधर नहीं जाते थे। और कोठी जाने के लिए रेल खण्डहर पार करके ही जाना पड़ता था जो की रोड नंबर उन्यासी पर था। लोग कहते थे रेल खण्डहर प्रेत बाधित है और शाम ढलने के बाद उधर कोई नहीं जाता। साधुराम

का सुगंधा के सिवा कोई नहीं था। उसके अकेले जीवन का सत्य, उस रेल खण्डहर से ज़्यादा भयानक रहा था, इसलिए उसे इन कही सुनी रेल खण्डहर की कहानियों से कोई फ़र्क़ नहीं पड़ता था और ना ही सुगंधा जैसी नादान को ही कोई फ़र्क़ पड़ता था इसलिए वह चलने को राज़ी हो गया। लेकिन गाँव वालों के, रेल खण्डहर के नाम मात्र से ही, रोंगटे खड़े हो जाते थे। उनके लिए रेल खण्डहर का अभिशाप उनके जीवन जितना सच था।

साधुराम भूत प्रेत की दक़ियानूसी बातों पर विश्वास नहीं करता था इसलिए उसने रेल खण्डहर की बात को कभी सच माना ही नहीं। मैं भी नहीं मानता था लेकिन जब जाना तब मानने भी लगा। इसलिए बार-बार कहता हूँ जानना मनाने से ज़्यादा ज़रूरी है। "दाल -भात भुजिया तैयार है" दादा ने दो पतीले चौकी पर रख दिए और वहीं बैठ गए। हम भी उठे और हाथ धोकर रसोई से थाली और कटोरी ले आए। जीजाजी ख़ाना परोसते गए और बोलते गए "न्योता हम सबको भी मिला था। पुलिस स्टेशन में काम ख़त्म करके, मैं और धनिया भी लाट साहिब के घर न्योते के लिए जीप में निकल पड़े। कौन जानता था कि 'होनी' हमें कहीं और ही ले जाना चाहती थी। दिवाकर! 'होनी' हमेशा हमें चौंकाती है। लूट-पाट की घटनाएँ तो आए दिन होती ही रहतीं थी लेकिन जो उस रात हुआ वह मेरे साथ कभी नहीं घटा था। हमें निकलते-निकलते साढ़े नौ बज गए, पंद्रह मिनट में हम रेल खण्डहर से जाती रोड नंबर उन्न्यासी पर पहुँच गए ।"

दिवाकर तुम्हें पता है तुम्हारे धनिराम दादा को भूत -प्रेत दिखते हैं," जीजाजी की बात सुनते ही मैं तुरंत फ़्लैशबैक में चला गया जब दादा मुझे आगे बढ़ जाने का इशारा करके, अंधेरे में बड़बड़ाने लगे थे, "ओ! अब समझा ... तो वहाँ आपने कोई ... भूत... देखा था?," "हाँ वहाँ कुछ तो था, शायद ...!" दादा को बीच में काटते हुए मैंने कहा "साधुराम?" दादा ने कोई भी प्रतिक्रिया नहीं की, वह अपने 'दाल–भात–भुजिया' में लीन हो गए, मैंने भी एक कौर बनाया और चुपचाप खाने लगा। मैं डर गया क्योंकि अभी थोड़ी देर पहले मैं वहीं दबोचा गया था, ग़लती से साधुराम की आत्मा ना दिख

जाए इसलिए बिना इधर-उधर नज़र घुमाए मैं सिर्फ़ थाली को ही देख रहा था। "डरो मत यहाँ कोई नहीं आएगा," जीजाजी ने ढाढ़स बंधाते हुए कहा। मैंने आगे पूछा "रोड नंबर उन्यासी में क्या हुआ था?"

"खण्डहर आने के पहले ही धनिया पसीने में तर हो चुका था, मैंने कहा खिड़की खोल दूँ? तो उसने कहा नहीं मेहमान! यहाँ का हवा-बयार ठीक नहीं है, यहाँ से पहले निकल जाएँ, बस! थोड़ी दूरी पर हमने देखा कि खण्डहर के ठीक सामने लाट साहिब की गाड़ी गिरी पड़ी है, रोड से थोड़ा नीचे, कच्ची ज़मीन पर। मैंने थोड़ी दूरी पर ही धनिया को इशारा किया कि गाड़ी रोक दे। धनिराम मेरी कोई भी बात कभी भी नहीं टालता था, इसने ठीक वैसा ही किया। हम दोनों जीप से उतर के साहेब की गाड़ी के पास गए, एक पत्थर से टकरा के बोनट से धुआँ निकल रहा था। गाड़ी के सामने का एक दरवाज़ा और पीछे के दोनों दरवाज़े खुले हुए थे। गाड़ी की पिछली सीट पूरी ख़ून से रंगी हुई थी, ताज़ा गाढ़ा लाल ख़ून। साधुराम का चेहरा गाड़ी की डैशबोर्ड में धँसा हुआ था और वह बुरी तरह ज़ख़्मी हो चुका था, बेहोश था। ड्राइवर चाचा ग़ायब थे। टॉर्च की लाइट जलाकर देखा तो ड्राइवर काका थोड़ी दूरी पर मुँह के बल गिरे हुए थे। पास जाकर देखा, खोपड़ी के पीछे बड़ा-सा गड्ढा हो गया था, जैसे किसी ने हथौड़े से मारा हो। वह मर चुका था। सुगंधा का कोई पता नहीं चला। साफ़-साफ़ लूट का केस था। किसी ने गाड़ी लूटी होगी और सुगंधा जैसी सुंदर महिला को कोई कैसे छोड़ सकता था, उसके लिए तो वह खरा सोना थी। हमें शुरू में तो ऐसा ही लगा, जो समझ नहीं आया, वह था गाड़ी की पिछली सीट पर क्या हुआ होगा? ख़ून किसका था? मुख़्त्यार जान का या सुगंधा का? क्योंकि मेरे हिसाब से कोई सुगंधा जैसी मनमोहक और आकर्षक महिला को इस तरह मार तो नहीं सकता था। ऐसा कोई इंसान तो हो नहीं सकता था और हैवान या भूत प्रेत का मेरी डिक्शनरी में कोई अस्तित्व ही नहीं था, यह थी मेरी परेशानी।

ड्राइवर काका की लाश, ख़ून से लथपथ गाड़ी, घायल साधुराम, धनिया और मैं। हमारे सिवा वहाँ कोई था तो वह था एक सवाल कि यहाँ हुआ क्या

था? धनिराम और मैंने मिलकर एक बार फ़िर से साधुराम को जीप में डाला। जीप में डालते वक़्त मैंने रोड पर जूतों के और घसीटने के निशान देखे और एक फटा हुआ जूता, शायद क़ातिल का था जो वहीं छूट गया था। लेकिन उतना काफ़ी नहीं था इसलिए साधुराम को हॉस्पिटल पहुँचाने के बाद हम लाट साहिब के घर पहुँचे।

मुख़्त्यार जान बिल्कुल सही सलामत थीं और कोठी पर हम सभी का इंतज़ार कर रही थीं। हमें देखकर वह ख़ुश तो हुईं लेकिन उनकी नज़र हमारे पीछे सुगंधा और साधुराम को ढूँढ रही थीं, चंद सेकंड में ही उनका ध्यान हमारे कपड़ों पर लगे हुए ख़ून के धब्बों पर पड़ा, "आपकी गाड़ी का एक्सीडेंट हो गया है, ड्राइवर मर चुका है, साधुराम अस्पताल में, और ....सुगंधा का कोई अता-पता नहीं है। गाड़ी पूरी ख़ून से... हमें लगा आप, लेकिन आप यहाँ हैं तो इसका मतलब वह ख़ून... सुगंधा का है, ख़ैर बॉडी अभी तक नहीं मिली है तो कुछ कह नहीं सकते, आपको कल सुबह एक बार थाने आना पड़ेगा, बस थोड़ी-सी औपचारिकता है। अपना ध्यान रखिए कुछ पता चले तो इत्तिला करिएगा। नमस्ते" मैंने अचानक यूँ ही पूछ लिया "अच्छा! ड्राइवर कहाँ रहता था?," "सदर हस्पताल के पीछे वाली बस्ती में" मुख़्त्यार ने आंसू पोंछते हुए जवाब दिया। मुख़्त्यार से मिलकर हम सीधा बस्ती की ओर रवाना हो गए।

"गंदा नाला, कचरे के ढेर पर भिनभिनाती मक्खियाँ और झगड़ते आवारा कुत्ते। स्ट्रीट लाइट की रौशनी बस्ती के झुग्गियों की पीली पन्नी वाली छतों पर से चमक कर ऐसे वापिस आ रही थी कि जैसे पूरी बस्ती में पीलिया फैला रही हो। सड़क बस्ती तक आकर ख़त्म हो गयी, हमें उतर के पैदल ही बस्ती के अंदर जाना पड़ा। सड़न और बदबू, नाले में मोटे-मोटे चूहे थे और एक दो झुग्गियों के बाहर चादर बिछा कर लोग सो रहे थे, ना बदन पर कपड़ा और शायद ना पेट में रोटी। किससे क्या पूछूँ कुछ समझ ही नहीं आ रहा था। क़रीब पाँच-छै घर पार करने के बाद, एक घर के सामने वही पागल... मस्तान बाबा सोया हुआ था। याद है ना धनिया?," "हाँ मेहमान, झुग्गी के

बाहर, लैंपोस्ट का रौशनी में बस उसका पतला हड्डी वाला हाथ दिख रहा था, सर पर बाल नहीं, चेहरे और शरीर पर माँस नहीं, बस चमड़ी झूल रही थी। कुछ बोलने की ताक़त नहीं थी उसमें, जब उससे पूछे कि संभूनाथ ड्राइवर कहाँ रहता है तो उसका गला से बस घरघराने का आवाज़ आया, जैसे उसमें आवाजे नहीं। पास जा के देखे तो उल्टी आ गया हमको। इतना विकृत चेहरा! दिवाकर! उसका ए गो आँख गला हुआ था, दाँत से मवाद निकल रहा था। हम पहला बार उसका मुँह देखे थे पता नहीं क्या बीमारी था उसको। जो भी था बहुत कष्ट में था, जीजाजी ने तुरंत हमको पीछे खींच लिया, बोले "कुछ पता नहीं है इनको! यह तो ख़ुद मौत के मुँह में है, किसका मर्डर हुआ, क्यों हुआ ... इ लोग को नहीं मालूम होगा.. और इ लोग को कोई फ़र्क़ भी नहीं पड़ेगा। ग़रीबी अपने में सबसे बड़ा मर्डर है," इनका करेजा मया गया था लेकिन हमको एक दम दया नहीं आया, सब कोई यहाँ अपना ही किया भोगता है। है कि नहीं? हम बोले "नहीं मेहमान! ई साला सब सियाना होता है.. सब पता होगा इसको, उ अलग बात है कि बोल नहीं पाएगा कुछ भी।" लेकिन मेहमान का करेजा तो प्रशांत महासागर है ना, खिसिया कर हमको डाँटने लगे "चुप रहो धनिया... फ़ालतू बात मत करो!" और झटक के गल्ली से बाहर की तरफ़ चल दिए। जीप के अंदर बैठे और सिगरेट जलाते हुए बोले "पता नहीं केतना दिन से दु गो रोटी नहीं खाया होगा साबुत.. तुमको सियाना लगा रहा है!," "मेहमान!आपके अंदर का कम्युनिस्ट जाग रहा है बस्ती में घुसते और.... अभी थोड़ा देर पहले लाट साहिब के घर दावत पर जा रहे थे, बताइए!" हम धीरे से टुसुक दिए।

जैसे ही धनिराम दा ने बात पूरी की, जीजाजी ने उनकी बात पर मुस्कुराते हुए कहा "इंसान की आँखें तो कभी भी खुल सकती है ना धनिया! तब भी यही कहे थे ना तुमको.. जो दिख रहा है उसको अनदेखा कर सकते है, लेकिन जब अनदेखा हमको दिखने लगे वहाँ सचाई होती है, इनलाइटेनमेंट वहीं होता है। जब जागो तभी सवेरा।" ख़ाना खाने के बाद हम थोड़े देर के लिए बरामदे में बैठ गए। बारिश के बाद मौसम थोड़ा सुहावना हो गया था, हल्की-

हल्की ठंडी हवा के झोंके रह-रह कर उठते। बरामदे में लटकते हुए लालटेन की रौशनी बस मेरे, जीजाजी और दादा तक ही आ रही थी। हमें छोड़कर बाक़ी सब कुछ अंधेरे की गोद में समा गया था।

शरीर की स्थिति के साथ-साथ मनोस्थिति भी बदलती रहती है। जब मैं स्टेशन पर पहुँचा था तब मनोस्थिति कुछ और थी, फिर इतना सब कुछ मेरे साथ घटा जिससे भूत-प्रेत के बारे में कुछ-कुछ जानने लगा था, साधुराम की आत्मा के साथ मैं प्रत्यक्ष रूप से मिल चुका था। गली की कच्ची सड़क के उस आख़िरी घर तक अकेले आने में मेरी हालत ख़राब हो गयी थी और अब देखिए, मैं उसी आख़िरी घर के बरामदे में खड़ा था जहाँ सब कुछ अंधेरे की गोद में जा चुका था और मुझे तिनका भर भी भय नहीं हो रहा था। शायद वह इसलिए क्योंकि मैं यहाँ जीजाजी और दादा के साथ था या फिर कोई और बात।

जीजाजी ने सिगरेट जलाई और सन्नाटे को तोड़ते हुए कहा "हम दोनों बस्ती से निकल के जीप में बैठ चुके थे, जीप स्टार्ट करके निकलने ही वाले थे कि मुझे कुछ इंटरेस्टिंग दिखा जिसको देखकर मेरे चेहरे पर हल्की-सी मुस्कुराहट आ गयी थी। मैं जीप से उतर के बस्ती की उस दीवार तक गया जहाँ से बस्ती शुरू हो रही थी," जीजाजी के चेहरे पर ऐसी चमक आ गयी थी जैसे अभी-अभी की बात हो, जैसे कोई बहुत बड़ी लड़ाई जीत ली हो। मैं उत्सुकता से उनकी तरफ़ देख रहा था, उन्होंने मेरी तरफ़ देखते हुए कहा, "ताज़ा ख़ून के धब्बे! एक ख़ाली पैर का और एक जूते का। इसका एक्सीडेंट से कुछ ना कुछ तो लेना देना रहा होगा। यही सोचते-सोचते मैं वापिस एक बार फिर बस्ती के अंदर चला गया, पीछे-पीछे धनिराम भी आया, लेकिन इतना अंधेरा था कि हमें कुछ भी नहीं दिखा और बहुत सुनसान भी था। उस वक़्त वहाँ गेऊठा में घी सुखाने से अच्छा था कि हम घर आ जाएँ और कल सुबह अच्छी तरह से वापस आकर पूछताछ करें," "क्या वह वही ख़ून था जो गाड़ी में था, सुगंधा का खून?" मेरे मन में उठ रहे सवाल हमेशा की तरह अपना रास्ता अपने आप ढूँढ ले रहे थे। जीजाजी ने बताया "हाँ ख़ून तो वही

था, लेकिन यह कह पाना मुश्किल था की किसका। तब.. ड्राइवर मरा पड़ा था, साधुराम आगे बेहोश पड़े थे, मुख़्त्यार जान ज़िंदा थी, तो ख़ून किसका हो सकता था, सारी सम्भावनाएँ सुगंधा की तरफ़ ही इशारा कर रही थीं। लेकिन ...," "लेकिन?" मैंने दोहराया। जीजाजी ने कहा, "लेकिन जो कुछ भी हुआ था वह काम इंसान का ही था," "फिर ...कौन था इस सबके पीछे?" मैंने पूछा। उन्होंने गहरी साँस ली और कहा "यह समझने के लिए तुम्हें कौशल्या और पिटुआ की कहानी जाननी होगी। कहानी बहुत लंबी है, आज के लिए सोते है, कल सुबह नई कहानी।

उस वक़्त तो मैंने उनकी बात मान ली और सोने चला गया, लेकिन नींद नहीं आयी, यह सोचकर कि बात जितनी सीधी लग रही है उतनी सीधी हो नहीं सकती। अभीर सिंह की कहानी में किरदार और परतें दोनों ही बढ़ते जा रहे थे और मुझे इन परतों की तह तक पहुँचना था और फिर जाने कब मैं सो गया।

महामारी

सूर्य की किरणें मेरी आँखों पर पडीं और मुझे जैसे नया जीवन मिल गया। खिड़की के बाहर हरियाली, सामने कच्ची मिट्टी का रास्ता, अगल-बगल हरे-हरे पेड़ और झाड़ियाँ, झाड़ियों पर उगे रंगीन सुंदर जंगली फूल। जिस रास्ते पर पिछली रात मेरी साँसें अटकी हुई थीं, जहाँ मैं दम तोड़ रहा था, अब मेरा जी चाह रहा था कि मैं उस रास्ते पर नाचूँ, गाऊँ, दौड़ जाऊँ उधर।

रात और दिन में कितना फ़र्क़ होता है ना! बिल्कुल जीवन और मृत्यु। नहीं! शायद, मृत्यु नहीं। सूर्य की किरणें तो 'जीवन' हैं लेकिन 'रात' को हम मृत्यु नहीं कह सकते हैं। रात तो बस एक पड़ाव है जहाँ आप दिन भर की भाग दौड़ से शांत होकर आराम करते हैं, पर हाँ वहीं कुछ ऐसे जीव भी है जो 'निशाचार' होते हैं। यह दिन भर आराम करते हैं और रात को ही उनका दिन शुरू होता है और कुछ तो जीव ही नहीं होते लेकिन उनका होना हमें अचंभित करता है, जो हमारे आयाम में फिट नहीं होते और जिनके आयाम में हम फिट नहीं होते।

मैंने बरामदे में रखे ताँबे के लोटे को उठाया और मुँह धोकर पानी पीने लगा। कुल्ला करते-करते मेरी नज़र पड़ी जीजाजी पर पड़ी जो टहलते हुए घर कि तरफ़ ही आ रहे थे। उनके हाथ में दो-चार बड़े ठोंगे थे, “आँख खुल गया दिवाकर बाबू? बहुत गहरा सोते हो बउआ! जल्दी से मर-मैदान करिए और हाथ-मुँह धो के आइए, नस्ता आ गया है।” तब तक दादा भी जग गए थे, वह गुसलखाने में घुसे और सीधा नहा धोकर ही बाहर आए। अच्छा हुआ वह जल्दी ही बाहर आ गए नहीं तो मुझे थोड़ी दिक़्क़त हो सकती थी क्योंकि मैंने आज तक कभी खेत में शौच नहीं किया था और करना भी नहीं चाहिए, इससे प्रदूषण फैलता है।

थोड़े ही देर में हम सभी हाथ मुँह धोकर बरामदे में बिछी खटिया पर बैठ गए। दादा ने फिर से वही दूध इलाइची और अदरक वाली चाय प्याली में डाल दी। जीजाजी ठोंगे से कचौड़ी जलेबी निकालकर प्लेट में परोसने लगे। मैं एक निवाला तोड़कर खाने ही वाला था की जीजाजी ने मेरा हाथ पकड़ लिया। जीजाजी ने उस कचौड़ी के टुकड़े को अपने हाथ में लिया, आँख बंद करके कुछ बुदबुदाए और उस निवाले को खटिया के नीचे एक कोने में रख कर प्रणाम कर लिया।

मेरे अंदर अभी-अभी जो सुंदरता पनप रही थी, वह जीजाजी के इस व्यवहार से मुरझा गयी, अब मेरे अंदर कचौड़ी खाने की इच्छा ही ख़त्म हो गयी थी। मेरे मन में हो रही दुविधा को जीजाजी समझ गए, उन्होंने मेरी प्लेट में दो और कचौड़ियाँ डालीं और बड़े प्यार से समझाया, “यह पुरखा पुरनिया के आदर में हमें हमेशा याद रखना चाहिए दिवाकर बाबू। खुला रास्ता में खाने-पीने का सामान ले के आए हैं, जाने किस-किस तरह की ऊर्जा से टकराए होंगे... उन सबको नमन करके ही खाना चाहिए, नहीं तो दोष हो जाता है। यह सब नकारात्मक उर्जाओं को अपनी ओर खींचती हैं और भूत प्रेत इनसे आकर्षित होते हैं, ख़ास करके जब वह ज़िंदा रहे होंगे तो उन्हें यह सारी मोह माया की चीज़ें पसंद ही होंगी, जैसे अभी हमें है। खाने के सामान में, नया कनिया में, चाहे कोई गर्भवती हो या शरीर से बीमार-कमज़ोर या

हल्का आंगच्छ का व्यक्ति हो, उसको भूत प्रेत आसानी से धर लेता है। इसलिए सावधानी से और नमन करके..” कहते हुए जीजाजी ने हाथ जोड़ के नमन किया और गच्च से कचौड़ी में दाँत गड़ा के कहा “ठंडा हो गया है लेकिन ख़स्ता बना है।” दादा तो स्वाद में डूब चुके थे लेकिन मैं कचौड़ी के टुकड़े को बड़ी संदिग्ध नज़रों से देखने लगा, मगर दिन का पहला आहार सामने था और भूख भी लग रही थी। मैंने संभल के निवाला तोड़ा और मुँह में डाला ही था की मेरी गैस लीक हो गयी, आवाज़ आयी “पू..” मैं थोड़ा झेंप गया, “मैदान नहीं हुआ ठीक से लगता है, कोई बात नहीं, दैट्स नेचुरल!” माहौल में थोड़ी हँसी बिखर गयी।

“अच्छा जीजाजी, हल्का आंगच्छ माने?” मैंने कचौड़ी खाते हुए कहा। “हल्का आंगच्छ माने, शरीर हल्का हो जिसका, कमज़ोर या थोड़ा ट्रांसपेरेंट-सा, जिससे कनेक्ट करना बहुत आसान हो। कौशल्या का शरीर भी ऐसा ही था, वह किशोर अवस्था पार कर रही थी। जब हमारा शरीर बदलता है, ख़ासतौर से लड़कियों का तो बहुत सारे बदलाव होते हैं। ऐसे में बहुत सारी चीज़ों को हम ख़ुद से दूर भी करते हैं और आकर्षित भी। शरीर की प्रक्रिया अजीब है, कुछ हम समझते हैं और कुछ नहीं समझ पाते हैं। मैंने पूछा, “कौशल्या! कल जिसके बारे में आपने कहा था? इसी गाँव में रहती थी?”

“हाँ! वह तब पंद्रह-सोलह साल की रही होगी जब रेल खण्डहर कोई खण्डहर नहीं था बल्कि एक बड़ा-सा रेल का कारख़ाना था। स्टेशन से रेल इंजन और गाड़ियाँ शंटिंग के लिए रेल यार्ड में लग जातीं और जिन रेल इंजनों को मरम्मत की ज़रूरत होती उन्हें रेल यार्ड से कारख़ाने में भेज दिया जाता। रेल लाइंस में अक्सर हादसे हो ही जाते थे। पटरियों पर कोई हादसा ना हो जाए इसलिए लोग बच्चों को डरा दिया करते थे कि रेल सुरंग में भूत है ताकि कोई उधर ना जाए। यह बात गाँव में फैल गयी पर अपने खेल के आगे बच्चे कहाँ किसी की बात सुनते हैं। दोपहर के क़रीब तीन बजे होंगे, कौशल्या स्टेशन से लगे खेतों में अपनी सहेलियों के साथ लुक्का छिप्पी खेल रही थी। एक-एक करके चंपा ने सभी को ढूँढ लिया खेतों में, आम बगीचे में, स्टेशन

में, लेकिन कौशल्या कहीं नहीं मिली। कौशल्या को ढूँढते-ढूँढते काफ़ी देरी हो गयी और जब कौशल्या का कोई भी पता नहीं चला तो चंपा और चमेली दोनों डर गयीं, "चंपा! कौशी कहीं नहीं मिल रही है, तुझे मिली क्या" चमेली ने अपनी बहन चंपा से कहा। चंपा "नहीं, चम्मू! सब जगह ढूँढ लिया। मैंने उस तरफ़ जाते हुए देखा था," चंपा ने सुरंग की तरफ़ इशारा करते हुए कहा।

रेल यार्ड जैसी जगहें ज़्यादातर सुनसान रहती हैं, ऊपर से अंधेरी काली सुरंग, जो आम इंसान के दिल में सिर्फ़ ख़ौफ़ पैदा करती थी। सूरज ढलने वाला था, चंपा और चमेली उसे ढूँढते हुए स्टेशन तक गयीं लेकिन उससे आगे बढ़ने की हिम्मत नहीं हुई उनकी, टनल के अंदर से किसी पुराने इंजन के घरघराने की आवाज़ आ रही थी "बहुत डर लग रहा है, चलो घर चलकर बाबा को बता देते हैं," दोनों ने स्टेशन से उल्टे कदम लिए और गाँव पहुँचकर उन्होंने कौशल्या के लापता होने की बात बताई।

गणपत, कौशल्या का पिता, साहिब के यहाँ से काम करके लौट ही रहा था जब रास्ते में उसे चंपा और चमेली अपने पिता बंसी के पास बैठे हुए मिले जो गणपत की ही राह देख रहे थे। बंसी ने गणपत को सब कुछ बताया तो उसके चेहरे पर हवाइयाँ उड़ने लगी। गणपत, बंसी, लक्ष्मी मौसी और गाँव के एक दो और लोग मिल के कौशल्या को ढूँढने के लिए निकल पड़े। अंधेरा हो गया था, लोगों ने, लालटेन लेकर गाँव की पाठशाला के पीछे, खेत में, केले और आम के बगीचे में, झोपड़ियों के आस-पास, गाय-भैंस के खटाल में और क़रीब-क़रीब पूरे गाँव में, कौशल्या को ढूँढा लेकिन कौशल्या का कहीं पता नहीं चला, "गणपत भईया, पूरा गाँव देख लिया है, कौशी का कहीं भी पता नहीं चला," बंसी ने हाँफते हुए कहा। काका ने भी गणपत को ढाढ़स बांधते हुए कहा, "सब जगह तो ढूँढ लिए बिटिया को…अब तो बिहाने कुछ पता चलेगा।" सभी अपने-अपने घर की ओर निकलने ही वाले थे की लक्ष्मी मौसी ने कहा "सब जगह नहीं! …कहीं … एक बार सुरंग में देख लेते, कहीं… खेलते-खेलते कौशीया रेल यार्ड की तरफ़ ना चल गयी हो…यह लोग हमेशा उधर खेलती थी, काहे रे चंपा?" गणपत ने सबकी तरफ़ देखा

और कहा “आप लोग यहीं रहिए ... हम देख के आते हैं। अप्पन स्वार्थ के कारण सबको मुसीबत में नहीं जाने देंगे,” “नहीं गणपत, कौशी सिर्फ़ तुमरे बिटिया नहीं है पूरा गाँव के बिटिया है, आज तुमरे साथ हुआ है.. ई तो किसी के साथ भी हो सकता है,” काका ने साथ देते हुए कहा, बंसी ने भी काका की हाँ में हाँ मिलाई और कहा “अकेले नहीं हो तुम भईया! ई मुश्किल का घड़ी में हम सब साथ हैं ... बस बिटिया मिल जाए। हम सब रेल यार्ड और रेल सुरंग में चलेंगे। वहाँ भूत-प्रेत कुच्छो नहीं है, बस मनघड़ंत बात है गाँव वाला सब का और अगर होगा भी तो कौशी बिटिया को अकेले तो नहीं छोड़ेंगे, चलो,” “लेकिन रेल सुरंग में जाने से पहले एक बार काली मंदिर में माथा टेक कर आशीर्वाद ले लो सब। कोई भी बुरा आत्मा दूर रहेगा,” लक्ष्मी ने कहा और सब हामी भर के काली मंदिर की तरफ़ चल पड़े।

काली मंदिर में माथा टेकने के बाद गणपत, काका, बंसी और लक्ष्मी मौसी हाथ में मशाल लिए बैलगाड़ी पर रेल सुरंग की तरफ़ निकल पड़े। पूरा गाँव शांत हो गया था, बस मशालों के जलने की आवाज़ से लेकर बैलगाड़ी के चरमराते चक्कों की आवाज़ें उस शांति को चीर रही थीं और झींगुर ऐसे बोल रहे थे जैसे किसी ख़तरे से आगाह करा रहे हों। थोड़ी ही देर में बैलगाड़ी स्टेशन के पास पहुँच गयी। सभी रेल सुरंग के सामने आकर खड़े हो गए।

सुरंग का मुँह ऐसे अंधेरे से भरा हुआ था जैसे किसी दानव की बड़ी-सी श्वाँसनली हो, जिसमें कई सारे गाँव समा जाएँ। घुप्प अंधेरा, चमगादड़ों की आवाज़ें। कुछ चमगादड़ मशाल की रौशनी से फड़फड़ा के उड़ने लगे। डरते-डरते लोग सुरंग में मशाल लेकर घुस गए, पहले गणपत फिर उसके पीछे सारे। लक्ष्मी मौसी बैलगाड़ी के पास ही रुक गयी। गणपत, आवाज़ लगाते हुए, सुरंग के अंदर बढ़ता चला गया, “कौशी..?? .....कौशल्या???” बंसी और काका गणपत के पीछे डर के मारे आहिस्ता कदम बढ़ा रहे थे, “हम कहीं ग़लत तो नहीं आ गए, काका! पता चला हम ही लोग ग़ायब हो गए, बहुत पहलवान बन रहे थे ना, ‘पूरे गाँव की बिटिया है,” बंसी ने काका की नक़ल करते हुए उसने फुसफुसाकर हुए कहा। काका ने बंसी का हाथ ज़ोर से

पकड़ लिया, "तुम मना नहीं कर सकता था, काहे आ गया। अच्छा रुको!... ए बंसी... एक बात बताओ... ई सुरंग में सच्चे के प्रेत बाधा है क्या?" दोनों धीरे से वहीं रुक गए पर गणपत अकेला आगे बढ़ता रहा।

सुरंग के और अंदर जाने पर गणपत की साँस फूलने लगी। अंदर मकड़ों के जाले भरे पड़े थे, मकड़े उसके शरीर पर लद-लद गिरने लगे, लेकिन कौशी से ज़रूरी गणपत के लिए और क्या था, गणपत चलता गया। मशाल अब धीमी हो गयी थी, तभी उसे आगे कोने में खड़ी, कौशी दिखाई पड़ी। वह दीवार की तरफ़ मुँह करके खड़ी थी गणपत ने आवाज़ लगाई "कौशी?... बेटा!!!" कौशल्या ने पलट के गणपत की तरफ़ आँखें बड़ी-बड़ी करके देखा और "बाबा" कहके बेहोश होकर वहीं गिर गयी। गिरते ही कौशल्या का शरीर अकड़ गया और गणपत उसे उठाने के लिए दौड़ पड़ा। उसका अकड़ हुआ शरीर बुख़ार से तप रहा था।

बंसी और काका की और अंदर जाने की हिम्मत ही नहीं हुई थी इसलिए दोनों रेल सुरंग के बाहर लक्ष्मी के पास, डरे सहमे बैठे गणपत के बाहर आने का इंतज़ार करने लगे। थोड़े देर में गणपत अकड़ी हुई कौशल्या को गोद में लिए बाहर आया। लक्ष्मी मौसी ने कौशल्या को बैलगाड़ी में लिटा दिया। गणपत, लक्ष्मी मौसी, बंसी और काका मशाल लेकर साथ बैठ गए। सभी के चेहरे पर दुख तो था ही मगर एक अफ़सोस भी था। गणपत और लक्ष्मी के चेहरे पर कौशल्या के मिलने की ख़ुशी नहीं थी, बल्कि डर था क्योंकि कौशल्या का इस तरह से रेल सुरंग में मिलना एक अपशगुन था जिससे गाँव में बहुत तमाशा होने वाला था।

बैलगाड़ी सीधा काली मंदिर के पास आकर रुकी, गणपत और लक्ष्मी को छोड़कर बाक़ी लोग, डर के मारे-बैलगाड़ी से उतर कर कोने में खड़े हो गए। गणपत ने कौशल्या को उतारा और काली मंदिर की सीढ़ी पर लिटा दिया। लक्ष्मी ने पुजारी जी को सब कुछ बताया। पुजारी जी ने कौशल्या पर जल छिड़का तो कौशल्या की आँखें खुलीं। कौशल्या को कुछ भी याद नहीं कि क्या हुआ था। पुजारी जी ने काली माता की मूर्ति से एक फूल उतारा

और पुचकारते हुए कौशल्या के ललाट से लगा कर, फूल उसके कान में फसा दिया। "गणपत भूत प्रेत बाधा में पड़ गया अब तो.. रेल सुरंग में पिशाच है" फुसफुसाते हुए काका ने बंसी से कहा और प्रणाम करके दोनों वहाँ से चुपचाप खिसक लिए।

अगले दिन साहेब की कोठी पर काम करते हुए गणपत ने शाम ढलने से पहले ही मुंशी से छुट्टी माँग ली, "मालिक! कौशल्या की तबियत ख़राब है, हस्पताल जाकर दवाई ले आऊँगा, बुख़ार उतर ही नहीं रहा है, रात से ही हाँफ रही है, दम फूल रहा है और कलेजा भी मरोड़ रहा है। कभी हँसती है कभी रोती है, समझ में नहीं आ रहा है क्या हुआ है उसको।" साहिब के यहाँ बैठे एक आदमी ने कहा "कल सुबह अस्पताल आ जाना।" यह आदमी उस गाँव के अस्पताल में नया नियुक्त हुआ था, नाम था अरुण जॉर्ज, एंग्लो इण्डियन डॉक्टर और साहेब का ख़ास। डा. अरुण ने मुंशी से पूछा, "कौन है यह?" "डॉक्टर बाबू! माली है, इसका बेटी खेलते-खेलते रेल सुरंग में घुस गयी, बस अब ....सब ख़त्म हो गया इसका। पिशाच धर लिया है। अब थोड़े ना छोड़ेगा। सुंदर जवान बेटी को लगाम नहीं लगाया, जवानी चढ़ रहा था भटक गयी रस्ता, धर लिया पिसाच," इतना कहते ही मुंशी ने गणपत को दूर से ही जाने का इशारा कर दिया। डा. अरुण ने कहा, "कोई पिशाच-विशाच नहीं होता है, कौन-से जमाने में जी रहे हैं मुंशी जी....," "आप नए ज़माने के पढ़े लिखे डॉक्टर बाबू हो ना, आपको ई सब समझ नहीं आएगा," मुंशी ने मुस्कुरा कर उस आदमी की बात को काटते हुए कहा। सुबह तक गाँव में यह बात फैल गयी थी कि कौशल्या रेल सुरंग में पाई गयी है और उसको किसी पिशाच ने अपनी चपेट में ले लिया। यह जानकर कि उसके ऊपर पिशाच का साया है लोगों ने कौशल्या और उसके परिवार से दूरी बनाने की ठान ली।

दिन चढ़ रहा था, कौशल्या की माँ और लक्ष्मी मौसी अपनी झोपड़ी के बाहर बैठी थीं। कौशल्या अपने बिस्तर पर सो रही थी। हालाँकि वह पहले से बेहतर थी, लेकिन उसे अभी भी छाती में रह-रहकर मरोड़ उठ रहे थे। हमेशा की तरह, चंपा और चमेली कौशल्या के साथ खेलने उसके झोपड़े के

सामने आकर खड़ी हो गयीं, चंपा ने पूछा "मौसी कौशी कैसी है? वह खेलने नहीं चलेगी?," चमेली "क्या उसे पिसाच ने पकड़ लिया है?," "नहीं बेटा, अभी नहीं खेल पाएगी वह ...." अभी लक्ष्मी की बात पूरी भी नहीं हुई थी कि चंपा-चमेली की माँ की आवाज़ आयी "कहा था ना इधर अब नहीं आना। यहाँ पिशाच और चुड़ैलें रहती हैं!" और डाँटते हुए उन्हें अपने साथ ले गयी। लक्ष्मी मौसी कुछ नहीं कर पाई, वह लाचार होकर कौशल्या की तरफ़ देखती रही और फिर नज़र नीची करके वहाँ से चली गयी। कौशल्या ने बिस्तर पर पड़े-पड़े चुपचाप लक्ष्मी मौसी को जाते हुए देखा और आँखें मूँद लीं। कौशल्या की माँ चुपचाप कौशल्या के बिस्तर के पास बैठ गयी। सभी गाँव वालों ने अपने परिवार वालों को हिदायत दे दी कि कोई भी शाम ढलने पर कौशल्या के घर की तरफ़ नहीं जाएगा।

कुछ दिनों में कौशल्या की हालत सुधर गयी। उसका बुख़ार उतर गया और दौरे भी कम हो गए लेकिन अब कौशल्या की माँ और गणपत बीमार हो गए थे। धीरे-धीरे गाँव में सभी लोग बीमार पड़ने लगे। गाँव में बुख़ार फैलने लगा। अस्पताल में बीमारों की लंबी क़तारें लगने लगीं। कौशल्या भी अपने माता-पिता के लिए दवाई लेने अस्पताल पहुँच गयी। वहाँ लोगों ने उसे अस्पताल में घुसने नहीं दिया और डायन कहकर वहाँ से भगाने लगे। कौशल्या अस्पताल के बाहर ही रुक गयी। अस्पताल के बाहर भीड़ देख कर एक डॉक्टर बाहर आया, यह वही आदमी था, डॉक्टर अरुण, जो उस दिन साहेब के पास बैठा हुआ था। डॉक्टर बड़ी देर से उसे खिड़की से निहार रहा था। कौशल्या के शरीर में बदलाव हो रहे थे लेकिन अभी तक उसे एक बड़ी लड़की के तरह रहना नहीं आया था। उसे कपड़े तक संभालने नहीं आते थे। डॉक्टर के पूछने पर एक गाँव वाले ने बताया कि यही गणपत की बेटी है, जिसे पिशाच ने पकड़ लिया है। डॉक्टर के दिमाग़ में मुंशी की बातें घूमने लगीं, 'जवानी चढ़ रहा है'.... 'भटक गयी रास्ता', वह कौशल्या के पास आकर कहता है "तुम परेशान मत हो, मैं तुम्हारे घर आकर तुम्हारे माँ और बाबूजी को देख लूँगा, अभी तुम यहाँ से चली जाओ, लोगों में बहुत गुस्सा

है कहीं कुछ ग़लत ना हो जाए।” यह कहकर डॉक्टर अस्पताल के भीतर चला गया। कौशल्या उस वक़्त वहाँ से चली गयी। थोड़ी देर के बाद डॉक्टर अस्पताल से निकला, उसकी गोद में उसका बच्चा था और पत्नी भी साथ थी। बच्चा बुख़ार में तप रहा था। एक-एक करके पूरा गाँव बुख़ार की चपेट में आ गया था। तीनों गाड़ी में बैठकर अपने घर की ओर रवाना हो गए। डॉक्टर गाड़ी चला रहा था, उसकी पत्नी पीछे की सीट पर बच्चे को लेकर बैठी थी। हल्की बारिश शुरू हो गयी थी और सर्द हवाएँ चलने लगी थी। रास्ते में डॉक्टर ने कौशल्या को देखकर गाड़ी रोक दी और कहा “अंदर बैठ जाओ, बारिश में तबियत और ख़राब हो जाएगी” कौशल्या ने देखा कि एक औरत और एक बच्चा भी पीछे बैठे हैं। गायत्री ने भी उसे गाड़ी में बैठने का इशारा किया। डॉक्टर अरुण ने आगे वाली सीट का दरवाज़ा खोल दिया। कौशल्या अंदर बैठ गयी। डॉक्टर उसके भीगे शरीर को तिरछी नज़र से देखने लगा। बारिश तेज़ हो गयी, अरुण ने गाड़ी का वाइपर चला दिया। मूसलाधार बारिश में रेल वर्कशॉप से होते हुए, गाड़ी बस्ती की ओर बढ़ने लगी। तभी कौशल्या ने एक मोड़ पर आकर कहा “बस यहीं तक... मैं यहाँ से खुद बस्ती चली जाऊँगी, आगे का रास्ता ठीक नहीं है।” डॉक्टर अरुण ने गाड़ी रोक दी और कहा “मैं तुम्हारे माता-पिता की जाँच करके उन्हें दवाई दे दूँगा, तुम चिंता मत करो।” कौशल्या अपनी झोपड़ी की तरफ़ तेज़ कदमों से चली गयी और डॉक्टर गाड़ी रोक कर उसे थोड़ी देर तक घूरता रहा। कौशल्या के आँखों से ओझल होते ही डॉक्टर की पुरानी विंटेज घड़घड़ाते हुए, अपनी मंज़िल की ओर चल पड़ी।

इधर धूप सर पे आ रही थी, जीजाजी ने मुझे उठने का इशारा किया तो मैं समझ गया। मैंने खटिया बरामदे से उठाई और छाँव में रखते हुए कहा “छी! मतलब कुछ लोग मुसीबत के समय ज़्यादा बुरे हो जाते है। एक अच्छा भला परिवार होते हुए भी, बीवी बच्चा सब होते हुए भी, कोई व्यक्ति हवस की आग में इतना जल रहा है? वह भी डॉक्टर जैसा सम्मानित पेशा होने के बाद... छी छी, ऐसे लोगों को समाज में जीने का हक़ नहीं,” मैंने भावना में बहकर कहा। जीजाजी ने तुरंत मेरी बात पर कहा “सही कहा।

पर फैन्टेसाइज़ करना ग़लत नहीं है दिवाकर बाबू! बल्कि अपनी चेतना से अपनी कल्पनाओं पर क़ाबू पाना भी उतना ही ज़रूरी है, यह आपको नीचता से रोकता है। कल्पना में चाहे आप कुछ भी करो, वास्तव में अगर आप किसी के प्राणों का या किसी की गरिमा का उल्लंघन करते हैं तो वह नीचता है।" अपनी नोटबुक पर नोट करते हुए मैंने आगे कहा, "बेचारी कौशल्या, पढ़ने-लिखने और आगे बढ़ने की उम्र में किस मुसीबत से गुज़र रही थी। हम सभी कितने भाग्यशाली हैं, हमें बचपन से सब कुछ मिला, अच्छा परिवार, अच्छा खाना, पहनना, पढ़ना-लिखना, सबकुछ और एक वह जिन्हें कुछ नहीं मिलता सिवाय नफ़रत और यातना के। फिर क्या हुआ उसके साथ...?"

होना क्या था! धीरे-धीरे पूरे गाँव में महामारी फैल गयी। हर घर में कोई ना कोई मर रहा था। उधर लोगों ने कौशल्या को खाना, राशन देना सब बंद कर दिया। दिन बीतते गए और इधर कौशल्या के घर में अनाज का एक दाना भी नहीं बचा। सौदा ख़रीदने भी जब बाज़ार जाती तो लोग उसके मुँह पर दरवाज़ा दे मारते। ना उससे कोई बात करता ना ही उसे कोई देखना ही अच्छा समझता था। गाँव में सभी उसे पिशाच समझते और सब उसे शक की नज़र से देखते। उसकी परछाई से भी लोग दूर रहने लगे। लोगों को यह बात समझ ही नहीं आयी कि यह सिर्फ़ एक बीमारी है बल्कि इसे अन्धविश्वास से जोड़ दिया। इस बीमारी को एक श्राप और कौशल्या को पिशाच पूजने वाली एक चुड़ैल का नाम दे दिया। सारे दरवाज़े उसके लिए बंद हो चुके थे। यहाँ तक कि उसे गाँव से बाहर निकालने की बातें होने लगीं। कोई था उनके साथ तो वह थी कौशल्या की लक्ष्मी मौसी जो कभी-कभी गाँव वालों से छिपते-छिपाते, रात के अंधेरे में बचा खुचा खाना खिला देती थी।

एक रात कौशल्या की माँ की तबियत बहुत ख़राब हो गयी, बिना इलाज और भूख से उस रात कौशल्या की माँ ने आख़िरी साँस ली और दम तोड़ दिया। कौशल्या चीख़-चीख़ कर रोने लगी। उसकी चीख़ें पूरे गाँव में गूँज उठी और गाँव के सभी लोग, ख़ौफ़ में खिड़की दरवाज़े बंद करके बैठ गए जबकि यह चीख़ किसी प्रेत या आत्मा की नहीं बल्कि अपनी माँ के लिए कौशल्या

की आत्मा से निकलती वेदना थी जिसे गाँव वालों ने कभी समझा ही नहीं। बिलखते-बिलखते कौशल्या थक के सो गयी। गाँव वालों के व्यवहार और भूख से थक कर नींद में वह कुछ बड़बड़ा रही थी। तभी एक परछाई उसकी देह पर धीरे-धीरे चढ़ने लगी। परछाई का चेहरा विकृत था, कान में लाल फूल लगाए हुए, धीरे-धीरे वह उसकी छाती पर बैठ गयी। कौशल्या का दम घुटने लगा। परछाई पास रखी हुई छुरी को हाथ में ले के ज़मीन पर पटकने लगी "खट खट, खट खट, खट खट, खट खट," कौशल्या उससे छूटने कि कोशिश करने लगी और एक झटके से उठकर बैठ गयी। वहाँ कोई नहीं था, कमज़ोरी और भूखे पेट में अक्सर हमें उल्टे-पुल्टे सपने आते हैं क्योंकि ब्लड प्रेशर लो हो जाता है और शुगर लेवल गिरने लगता है। ऐसे में हैलुसिनेशन होना नार्मल है शायद कौशल्या के साथ भी वही हुआ हो लेकिन "खट खट" की आवाज़ अभी भी आ रही थी, ध्यान से सुनने पर पता चला कि आवाज़ दरवाज़े से आ रही थी। दरवाज़े पर कोई था। कौशल्या बड़ी मुश्किल से उठकर डरते-डरते दरवाज़े के पास गयी, आवाज़ आयी, "हम हैं, लक्ष्मी। खोल!" कौशल्या दरवाज़ा खोलती है तो देखती है कि लक्ष्मी मौसी कंबल ओढ़े खड़ी है। लक्ष्मी मौसी अपनी पोटली से रोटी, कुछ प्याज़ और अचार निकाल के परोसती है, "ले जल्दी से खा ले," कौशल्या को इस तरह से जल्दी-जल्दी खाते देखकर मौसी का कलेजा कलप उठा, वह रो पड़ी। लक्ष्मी, कौशल्या की माँ के पास गयी तो देखा कि वह चल बसी थी। एक तरफ़ माँ की लाश और दूसरी तरफ़ सूखी रोटी खाती कौशल्या। यह देखकर लक्ष्मी मौसी की छाती फट गयी।

बाप को पहले ही पक्षाघात मार चुका था, अब कौशल्या का लक्ष्मी के सिवाय और कोई नहीं था। दिवाकर! पक्षाघात सिर्फ़ गणपत को ही नहीं, बल्कि उस समाज को भी मार गया था जहाँ एक इंसान को इंसान ना समझ के अभिशाप समझा जा रहा था, ऐसे अंधविश्वास से भरे समाज को पक्षाघात ही नहीं होना चाहिए, उसे देह त्याग देना चाहिए," जीजाजी की आँखों में आँसू थे।

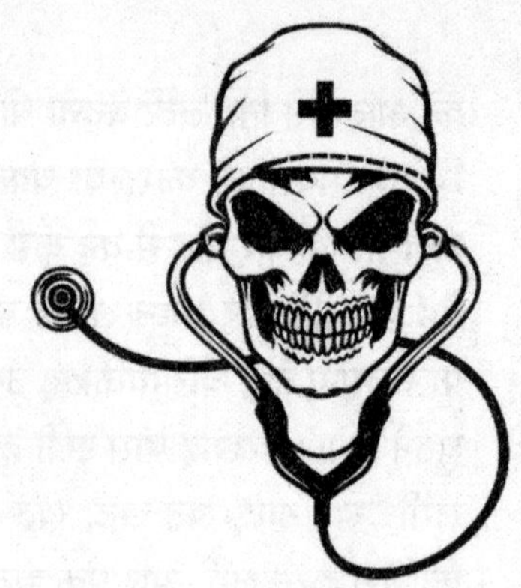

चुड़ैल

जीजाजी की आँखों में पानी ज़रूर था, लेकिन वह पथरा चुकी थीं। पथराई आँखों से उन्होंने मेरी तरफ़ देखा और कहा 'ज़ुल्म फिर ज़ुल्म है बढ़ता है तो मिट जाएगा, ख़ून फिर ख़ून है टपकेगा तो जम जाएगा'.....आहिस्ता-आहिस्ता पूरे गाँव में बीमारी ने महामारी का रूप ले लिया। गाँव के अस्पताल में भीड़ जमा होने लगी। अब लोगों के घरों में भी वही माहौल था जो कौशल्या के घर में पनप रहा था। किसी के घर में बिस्तर पर लाश रखी हुई थी तो कोई औरत ज़मीन पर बैठे रो-रो कर छाती पीट रही थी। किसी की दहलीज़ पर लाशों का अंबार लगा हुआ था तो कहीं शमशान में लाशें जल रही थीं। शमशान में इतनी लाशें जल रहीं थीं कि जलती चिता से उठती लपटें रात और दिन का फ़र्क़ मिटा रहीं थी। दिवाकर बाबू! आह कभी ख़ाली नहीं जाती है, कौशल्या के ऊपर हुए ज़ुल्म का हिसाब प्रकृति स्वयं गाँव वालों से ले रही थी।" लेकिन इसका असर गाँव वालों पर उल्टा ही हुआ, उनका शक अब यक़ीन में बदल चुका था कि हो ना हो कौशल्या ही वह चुड़ैल है जिसने पूरे गाँव पर मुसीबत बरपाया हुआ है।

अब गाँव वालों ने रोज़ योजनाएँ बनानी शुरू कर दीं और एक दिन काली मंदिर के सामने बैठक लगी। काली मंदिर के पुरोहित ने भीड़ को संबोधित करते हुए कहा,"हम तो कहते हैं.... पहले बेमारी कौशल्या के अंदर थी? थी कि नहीं"? सबने एक साथ हाँ में हाँ मिलाया। अपनी बात जारी रखते हुए पुरोहित जी ने आगे कहा, "फिर धीरे-धीरे गणपतवा बेमार हुआ, फिर उ अपनी अपन्न माय को खा गयी, फिर पूरा गाँव में महामारी फैल गया! तो बेमारी का जड़ कौन हुआ?," एक गाँव वाले ने पूरे निश्चय के साथ जवाब दिया "इसका मतलब तो यही हुआ कि अगर बीमारी को हटाना चाहते हो तो सबसे पहले इस कौशल्या को गाँव से निकाल दो!" बंसी ने काका की तरफ़ देखा और धीरे से कहा "..लेकिन गणपत भी तो हमारा ही भाई है, उसके बारे में तो सोचो.. बेचारा को अभी इलाज का ज़रूरत है। काहे ना कोई पूजा पाठ करवा के..," यह सुनते ही पुरोहित जी के चमचे, कैलाश ने तपाक से कहा, "भईया भाईचारा निभाय के समय चला गया है... ज़्यादा अक्ल नै चलाओ, जब है नै। यह बीमारी नहीं महामारी है, इससे बचना है तो वही करो जो पुरोहित जी कह रहे हैं।" इस बात पर पुरोहित जी ने अपनी मुहर लगाते हुए कहा "अब पछताए होत का जब चिड़िया चुग गयी खेत," देर हो चुकी है, अब पूजा पाठ और अस्पताल-इलाज से कुच्छो नै होगा.. समझे? गाँव में बेमारी यही लेकर आयी है और इसी के अंत से इस महामारी का अंत होगा।" तभी डॉक्टर अरुण वहाँ इकठ्ठा लोगों के बीच में से उठकर बोले "यह बीमारी गंदगी फैलाने से होती है और यहाँ खुले में आप सभी ऐसे बैठे हैं, किसी को भी हो सकती है। बेहतर होगा आप सभी घर में रहिए और अस्पताल को अपना काम करने दीजिए।" पुरोहित जी ने ईंट का जवाब पत्थर से दिया, "डॉक्टर बाबू, गंदगी नहीं, ई काला साया है जो ई गाँव पर पड़ा है, कौशल्या के ऊपर पिशाच है, एक बुरी आत्मा है, जो पूरा गाँव का खून चूस रही है, उसको गाँव से बाहर करने में ही भलाई है। एक बार वह बाहर चली जाए तो जेतना इलाज करना है कीजिए, कोई नै रोकेगा। सारा कचरा उस बगीचे के बाहर कर दिया जाएगा फिर सारा सफ़ाई वहीं जाकर करिए। फ़िलहाल गाँव

के बीच में दखल ना दें तो ही अच्छा होगा" डॉक्टर वहाँ से चला गया। गाँव वालों ने गणपत और उसके परिवार को गाँव से बेदख़ल कर दिया और गाँव से बाहर आम बगीचे वाले वीराने में भगा देने का निर्णय किया। यह आम का बगीचा आगे जाकर उसी रेल कारख़ाने के पीछे वाले जंगल में मिल जाता था। गणपत और कौशल्या, गाँव से दूर, आम के बगीचे के दाहिनी तरफ़, जहाँ मिट्टी वाली सड़क वीराने में मुड़ती थी, वहीं एक झोपड़ी बनाकर रहने लगे।

दोपहर के एक बज चुके थे, बातों-बातों में समय का पता ही नहीं चला। दादा ने कहा "जल्दी से हाथ मुँह धो लीजिए खाना बन गया है। भूख-उख भी लगता है कि नहीं आप लोग को?" बात तो सही थी, कहानी सुनते-सुनते मानो भूख प्यास का एहसास ही भूल चुका था मैं। मैंने नोटबुक में कलम फँसाई और बंद करते हुए कमर सीधी करने लगा। जीजाजी ने अभी-अभी सिगरेट जलाई थी, उन्होंने कहा, "आप लोग शुरू करिए मैं थोड़े देर में खाऊँगा," "अरे! सिगरेटवा बुताइए ना मेहमान....अच्छा पी लीजिए, जब तक खाना लगाएँगे, शेष हो जाएगा ई भी... पी लीजिए!" दादा ने सिगरेट को इंगित करते हुए कहा और रसोई में चले गए। हम कमरे के अंदर चौकी पर बैठ गए। जीजाजी ने आगे बताया "डॉक्टर अरुण बहुत पहले से ही कौशल्या के प्रति आकर्षित था और अब मौक़ा उसके सामने था। शाम को अंधेरा होते ही, अस्पताल से निकलकर, डॉक्टर आम के बगीचे की तरफ़ चल पड़ा जैसे उसे इसी दिन का इंतज़ार था। डॉक्टर ने गाड़ी आम के बगीचे के आगे रोकी और उतर गया। यह गाँव का आख़िरी छोर था, यहाँ पर कँटीले तारों के आगे आम का बगीचा था फिर उसके बाद जंगल। डॉक्टर उन कँटीले तारों को पार करके, जंगल की तरफ़ बढ़ गया।

आम का बगीचा अंधेरे में और भी डरावना लग रहा था। सुनसान और वीरान। दूर से आती गणपत के खाँसने की आवाज़ ने वीराने को तोड़ दिया। एक झोपड़े से हल्की ढिबरी की रौशनी आ रही थी, डॉक्टर उस तरफ़ चल पड़ा। डॉक्टर ने झोपड़े की दीवार से एक ईंट हटाई और झोपड़े के अंदर

झाँकने लगा। एक खूबसूरत लड़की, जिसके शरीर पर कपड़े के नाम पर बस एक छिछली सी साड़ी लिपटी हुई थी, गोबर से ज़मीन लीप रही थी। पसीने से उसकी साड़ी शरीर से चिपक कर उसे जगह-जगह से पारदर्शी बना रही थी। ढिबरी की हल्की पीली रौशनी में डॉक्टर कौशल्या के उभरते हुए मादक शरीर में खो गया ... उसके मुँह से आह निकल गयी। आह सुनते ही कौशल्या डर के मारे उस दीवार की तरफ़ देखने लगी जिधर डॉक्टर छिपा हुआ था, “कौन है? कौन है बाहर?” कौशल्या ने पूछा, “मैं ...म...म .. मैं हूँ डॉक्टर अरुण, तुम्हें और तुम्हारे बाबा को देखने आया था।” कौशल्या ने झाँक कर देखा तो उसने डॉक्टर अरुण को पहचान लिया। अपना आँचल ठीक करते हुए उसने दरवाज़े की कुण्डी खोली तो डॉक्टर अंदर आ गया। गणपत बुख़ार में तप रहा था, डॉक्टर ने कहा “इनको तो तेज़ बुख़ार है, मैं अभी एक सुई लगा देता हूँ, ठीक नहीं हुआ तो अस्पताल ले जाना पड़ेगा। बेटा...! तुम परेशान ना होना सब ठीक हो जाएगा,” पूरी दुनिया से नफ़रत और दुत्कार मिलने के बाद कौशल्या को थोड़ा-सा प्यार मिला तो वह एक छोटे बच्चे की तरह, फूट-फूट के रो पड़ी और डॉक्टर के सीने से लग गयी। डॉक्टर अब तक जिसके शरीर का भोग अपनी आँखों से कर रहा था वह अब उसके सीने से लिपटी हुई थी। उसने अपनी आँखें मूँद लीं और उसके शरीर को छूते हुए कहा “तुम्हें भी तो तेज़ बुखार है, बेटा।” डॉक्टर ने उसे आराम से लेट जाने को कहा और अपने बक्से से एक और सुई निकाली “थोड़ा दर्द होगा, लेकिन नींद आ जाएगी तो सो जाना, ठीक हो जाओगी।” सुई लगाते ही कौशल्या गहरी नींद में चली गयी और डॉक्टर उसके यौवन को निहारने लगा। जब कौशल्या की नींद खुली तो सुबह हो चुकी थी और वहाँ कोई भी नहीं था। बस उसके पेट के निचले हिस्से में दर्द हो रहा था और चलने में थोड़ी दिक़्क़त।

“शैतान हम में से ही होते है दिवाकर। इंसानियत और हैवानियत में फ़र्क़ हमारे कर्म से तय होता है। डॉक्टर अरुण पढ़ा लिखा और समझदार ज़रूर था, लेकिन उसकी मति भ्रष्ट हो गयी थी। था तो वह भी एक पारिवारिक आदमी और लोगों की सेवा करने की शपथ तो उसने भी ली होगी, तब तो

उसने भी ऐसा नहीं सोचा होगा कि वह ऐसी गिरी हुई हरकत करेगा। दिवाकर बाबू, लोगों की मति कब भ्रष्ट हो जाए यह वह नहीं जानते। काम वासना हमारी इंद्रियों में से वह इंद्री है जो हमारी चेतना को क़ाबू करके हमारी मति भ्रष्ट कर देती है" जीजाजी ने अपना रेडियो हाथ में उठाते हुए कहा। रेडियो काफ़ी पुराना था क्योंकि वह कभी-कभी फ्रीक्वेंसी पकड़ता तो कभी खरखराने लगता और उसकी शक्ल से भी बुढ़ापा झलक रहा था। उसे देखते ही मैंने कहा "अरे वाह जीजाजी, बहुत पुराना रेडियो है, बाबा आदम के ज़माने का," "साधुराम कलकत्ता से लाया था हमारे लिए, वैसा ही एक सुगंधा के पास भी था" कहते हुए जीजाजी ने अपनी हथेली से उसे हल्का-सा ठोका, तो वह बज उठा, 'ये आकाशवाणी....पटना। इस समय शाम के चार बजे है ...खर्र खर्र...' और रेडियो फिर से बंद हो गया। "ज़रा दिखाइए ...ठीक हो जाएगा जीजाजी। पुराना रेडियो है, 'मर्फ़ी' का, ट्राय करते हैं!" मैं रेडियो को उलट-पलटकर देखने लगा। जीजाजी भी यह सुन के खुश हो गए फिर उन्होंने कहा "कोई बात नहीं, कर देना अभी रख दो। चलो टहल के आते हैं," उन्होंने अंदर कमरे में आवाज़ लगाई, "धनिया! चलो दिवाकर को ज़रा घुमा दिया जाए। टहलने चलते हैं, जल्दी आओ!" मैं उत्सुकता से उछल पड़ा "अरे वाह।" हम तीनों पैदल, घर के कपड़ों में ही निकल पड़े घूमने और जीजाजी रास्ते में कहानी सुनाते चले गए।

"डॉक्टर अरुण ने कौशल्या का बलात्कार किया था और कौशल्या अभी इतनी नादान थी कि उसे पता भी नहीं चला। जिन बच्चों की माँ नहीं होती, उन्हें सही रास्ता दिखाने वाला कोई भी नहीं होता दिवाकर! शेर के मुँह में ख़ून लग चुका था। अब डॉक्टर का जब भी मन करता वह कौशल्या का शोषण करने उस वीराने में पहुँच जाता। डॉक्टर पहले उसके बाप गणपत को दवाई पिला कर बेहोश करता और फिर कौशल्या को, फिर जी भर के उसके शरीर को नोचता। धीरे-धीरे कौशल्या की मुश्किलें बढ़ने लगीं। हर लड़की का एक सुंदर, कोमल, प्यारा सपना होता है कि कोई उसे प्यार और इज़्ज़त देगा, लेकिन कोई इंसान सपना तब देखता है जब उसके हक़ में सुकून की नींद

हो। दुख और दर्द में डूबे हुए लोग बस जागने का हक़ रखते हैं, उनके हक़ में सुकून कहाँ होता है? डॉक्टर अरुण इंसान के भेष में भेड़िया था। कौशल्या के पेट में बहुत दर्द होने लगा, उसे नींद कम आने लगी। यह डॉक्टर की दी हुई दवाई का साइड इफ़ेक्ट था जो उसके शरीर में अब घुलने मिलने लगा था।

एक रात डॉक्टर उसके घर आया, हमेशा की तरह उसने गणपत को दवाई देकर बेहोश कर दिया। कौशल्या ने उससे पूछा "डॉक्टर चाचा! बाबा कब तक ठीक हो जाएँगे?," "देखो मैं कोशिश कर रहा हूँ लेकिन दवाई असर करने में थोड़ा समय तो लगेगा ना बेटी। ज़रा इधर आना, हमारी बिटिया की तबियत कैसी है?" कौशल्या का हाथ पकड़ के उसने उसे अपनी गोद में बिठा लिया। "नहीं.. मैं यह दवाई नहीं खाऊँगी, इसको खाने के बाद, आप जब चले जाते हो तो मुझे नीचे, पेट में बहुत दर्द होता है," कौशल्या ने दवाई को दूर करते हुए कहा। डॉक्टर "यह लो! दवाई पी लो, फिर तुम जल्दी से बड़ी हो जाओगी और तुम्हारी सारी तकलीफ़ दूर हो जाएगी," कौशल्या ने नाक बंद करके दवाई पी ली। थोड़ी ही देर में कौशल्या बेहोश हो गयी लेकिन डॉक्टर इस बात से अनजान था कि अब उसके शरीर को दवाई की आदत हो गयी थी। धीरे-धीरे कौशल्या को धुँधला-सा दिखने लगा, वह ठीक से देख नहीं पा रही थी लेकिन कोशिश करने पर उसे समझ आ गया था कि डॉक्टर अरुण उसके साथ ज़बरदस्ती कर रहा है। वह चीख़ने लगी और डॉक्टर से छूटने की कोशिश करने लगी, "डॉक्टर चाचा!... छोड़ दो....आआआआ.. मम्ममममम!" डॉक्टर ने अपना हाथ उसके मुँह पर रख दिया और उसके शरीर को नोचता खसोटता रहा। जब डॉक्टर का काम ख़त्म हो गया तब कौशल्या को उसी हालत में छोड़ कर वहाँ से चला गया। उस दिन के बाद डॉक्टर ना कभी उस वीराने में गया और ना कभी कौशल्या के बारे में उसने सोचा ही।

क़िस्मत, गाँव वालों और डॉक्टर की सताई कौशल्या की चीख़ उस वीराने में गूँज उठी और फिर उसी वीराने में गुम भी हो गयी। लेकिन जिस आवाज़ को डॉक्टर ने दबाने की कोशिश की थी, कुछ महीनों के बाद वह कौशल्या के

पेट में उभरने लगी। सच कौशल्या के सामने आ चुका था, अब उसे सब पता चल गया था। ऐसे में कौशल्या का साथ देने वाली बस लक्ष्मी मौसी ही थी। एक दिन कौशल्या डॉक्टर को तलाशते हुए अस्पताल जा पहुँची। कौशल्या को देखते ही डॉक्टर ही हालत ख़राब हो गयी। उसने कौशल्या को अस्पताल के एक कमरे में बिठाया, "तुमको यहाँ नहीं आना चाहिए था। अगर किसी को पता चल गया कि तुम यहाँ आयी हो तो लोग तुम्हें मार देंगे। पता नहीं है तुम्हारा गाँव में आना मना है?," "हाँ पता है, लेकिन गाँव वालों को यह भी तो पता चले कि मेरी इस हालत का ज़िम्मेदार कौन है? तुम्हारी पत्नी को भी तो पता चलना चाहिए, कि वह कैसे राक्षस के साथ रह रही है," कौशल्या की आँखों में अंगारे थे। "बकवास बंद करो! मैंने कुछ भी नहीं किया है तुम्हारे साथ, सिवाय तुम पर तरस खाने के... यह पैसे लो और चुपचाप चली जाओ यहाँ से.. गाँव वाले आ गए तो मारी जाओगी" डॉक्टर उसकी तरफ़ पैसे लेकर बढ़ा ही था कि कौशल्या ने अपने नाखूनों से डॉक्टर का मुँह नोच लिया। डॉक्टर के चेहरे से ख़ून बहने लगा। उसकी एक आँख फूट चुकी थी, वह ज़मीन पर गिरकर तड़पने लगा। कौशल्या के सर पर खून सवार था, "आज मैं पूरे गाँव को तुम्हारा सच बता दूँगी.... कि इस गाँव के असली शैतान तुम हो, और वह सारे लोग हैं जिन्होंने मुझमें डायन देखा लेकिन तुममें शैतान नहीं देख पाए।" कौशल्या उसकी छाती पर बैठ गयी लेकिन इससे पहले कि वह डॉक्टर पर अगला वार करती, एक गाँव वाला डॉक्टर को ढूँढता हुआ उस कमरे में घुसा। उसने देखा डॉक्टर ज़मीन पर गिरा हुआ था, उसके चेहरे से ख़ून बह रहा था और एक औरत उसकी छाती पर बैठी हुई थी। वह ज़ोर से चीख़ा "चुड़ैल ... मार दिया डॉक्टर को... मार दिया" चीख़ सुनते ही सारे लोग अस्पताल में घुस आए। लेकिन इससे पहले कि गाँव वाले कमरे तक पहुँचते, लक्ष्मी मौसी कौशल्या को लेकर भाग निकली।

अस्पताल के आस-पास जितने भी गाँव वाले थे, शोर सुनते ही, एक-एक करके जुट गए। गाँव में हल्ला हो गया। डॉक्टर अपनी एक आँख खो चुका था। गाँव वालों द्वारा जब डॉक्टर से पूछा गया तब उसने खुल के कुछ

भी नहीं बताया, क्योंकि डॉक्टर के मन में तो ख़ुद चोर था। उसने कहा "मैंने घर जाने के लिए जैसे ही कमरे की बत्ती बुझाई, मेरे ऊपर कोई कूद पड़ा और मेरा मुँह नोचने लगा। मैं देख ही नहीं पाया कि कौन था," "लेकिन मैंने देखा... वह एक चुड़ैल थी। खुले बाल, साँवला रंग, ख़ून से नहाई हुई, पेट से थी.. " उस गाँव वाले ने कहा। चंपा की माँ भी वहीं खड़ी थी "...और कौन हो सकता है, गाँव पर सिर्फ़ एक्के का नज़र है, कोसलिया के, यही वह डायन है। इतना दिन से भूखाइल होगी, आज अमावस्या के रात ख़ून पिए निकली है।" यह सुनते ही सभी सन्न हो गए। लोगों ने एक दूसरे को देखा फिर इधर-उधर देखा और तुरंत भीड़ ख़त्म हो गयी। चारों तरफ़ सन्नाटा छा गया। गाँव वालों की नसों में एक बार फिर से ख़ून के साथ-साथ ख़ौफ़ दौड़ रहा था। शाम ढलते ही लोग मौन हो जाते, घरों की खिड़कियाँ और दरवाज़े बंद कर दी जातीं। एक बार फिर से बच्चों को हिदायत दी गयी कि सूरज ढलने से पहले किसी भी हालत में, हर बच्चे को घर के अंदर होना ही है।

उधर कौशल्या का पेट दिन-प्रतिदिन बड़ा हो रहा था। कौशल्या सात महीने के पेट से थी। गाँव वालों में कितनी बार यह चर्चा हुई कि डॉक्टर की आँख नोचने वाली चुड़ैल हो ना हो कौशल्या ही है लेकिन वह पेट से है कि नहीं इसकी पुष्टि करे तो करे कौन? कौन उस वीराने में जाकर देखे कि कौशल्या पेट से है कि नहीं और कौन अपनी जान उस मुँह नोचवा चुड़ैल के हवाले करे। कोई नहीं गया।

"बेचारी कौशल्या! हवस, नफ़रत और डर ने उसे और उसके परिवार को किस हालात में पहुँचा दिया था" मेरी आँखों में भी ख़ौफ़ उतर आया था। यह ख़ौफ़ किसी भूत या प्रेत का नहीं बल्कि इंसानियत को कुचलती उस सोच का था, दुनिया के उस पहलू का था जो मुझे एक इंसान की कहानी के उस पृष्ठ पर लेकर जा रही थी जिसमें अत्याचार और दर्द के अलावा कुछ और था तो सिर्फ़ अंत, एक दुखद अंत।

जीजाजी ने आकाश की ओर देखते हुए कहा "अभी तो ये शुरुआत थी। 'होनी' के आगे किसकी चली है दिवाकर बाबू" जीजाजी ने गहरी साँस भरी,

"अभी तो बहुत कुछ होना बाक़ी था," "जैसे?" मैंने पूछा! "जैसा कि मैंने बताया था, रेल कारख़ाने में बहुत से लोग काम करते थे, इस गाँव के लगभग हर घर से कोई ना कोई उस कारख़ाने में काम करता ही था। कारख़ाने में इंजन की मरम्मत की जाती थी और लोहा पिघलाकर पटरियाँ भी बनाई जाती थीं। एक दिन कारख़ाने में एक हादसा हो गया। किसी मज़दूर की ग़लती से, पिघला हुआ लोहा क्रेन की डोलची से गिर कर चारों तरफ़ बह गया। आस-पास पेंट, तेल, कोलतार जैसी बहुत सारी जलने वाली चीज़ें रखी हुई थीं, जिनमें आग लग गयी। थोड़ी ही देर में आग ने विराट रूप धारण कर लिया और पूरा का पूरा कारख़ाना जल कर राख हो गया।

गाँव वाले दौड़े-दौड़े कारख़ाने तक पहुँचे, उन्होंने आग बुझाने और लोगों को वहाँ से बाहर निकालने की बहुत कोशिश की लेकिन क़रीब नब्बे प्रतिशत लोग उस आग की चपेट में आ गए। सब कुछ जलकर राख हो गया। तिनका तक नहीं बचा। चंद मिनटों में पूरा कारख़ाना धू–धू करता हुआ शमशान घाट बन गया। गाँव की औरतें जलते हुए कारख़ाने के सामने, अपने आदमियों और बच्चों के लिए छाती पीट-पीट कर रो रही थीं लेकिन अपने लोगों को जलते हुए देखने के अलावा कोई कुछ कर ना सका। चंपा की माँ अपने पति के आधे जले हुए शरीर पर लोट-लोट कर रोने लगी और रोते हुए ही चीख़ कर कहा "यह सब वही डायन के वजह से हो रहा है, पूरा गाँव जला के राख कर दिया रे कोसलीया। अरे, अब भी आँख नहीं खुल रहा तुम लोग का? शैतान का बच्चा है उसका पेट में,मार दो उसको नहीं तो सब नास हो जाएगा।"

"लोगों में कौशल्या के प्रति नफ़रत तो थी ही अब आक्रोश भी पैदा हो गया। अभी चिताओं की आग ठंडी भी नहीं हुई थी कि गाँव वालों ने कौशल्या और उसके परिवार को ज़िंदा जलाने के लिए मशालें जला लीं। पूरा गाँव मशाल लेकर जंगल के वीराने की तरफ़ चल पड़ा। गाँव वालों के सर पर ख़ून सवार था," मैंने जीजाजी को बीच में ही टोक दिया "अच्छा जीजाजी, पुलिस नहीं थी यह सब रोकने के लिए?," "छोटी-सी पुलिस चौकी थी लेकिन गाँव

वालों के बीच वह भी कुछ नहीं कर सकी, कुछ पुलिस वाले तो उसी गाँव के थे इसलिए कोई कार्यवाही हुई ही नहीं।"

गणपत और कौशल्या इस बात से अनजान ही रहते अगर लक्ष्मी मौसी भाग के उन्हें आगाह नहीं करती। "कौशी! लक्ष्मी के अलावा किसी पे भरोसा मत करना बेटा" यह कहकर गणपत ने कौशल्या को धक्का मार के झोपड़े से बाहर निकाल दिया। लक्ष्मी मौसी कौशल्या को लेकर जंगल के अंदर ही अंदर भाग निकली। बेचारी कौशल्या, कमज़ोर तो वह पहले से ही थी ऊपर से बच्चा पेट में लिए वह कहाँ तक भागती, "देख कौशी, गाँव में कहीं भी छिपने की जगह नहीं है। वह तुझे हर जगह से ढूँढ निकालेंगे, सिवाय एक जगह के....रेल सुरंग! तू वहाँ जा के छिप जा, सुबह की पहली किरण होने से पहले हम यह गाँव छोड़ के निकल जाएँगे और तब तक मैं गाँव वालों के साथ ही रहती हूँ। वैसे तो उनमें इतनी हिम्मत नहीं कि वे उधर जाएँगे, लेकिन अगर ऐसा कुछ भी हुआ तो तू घबराना मत, तेरी लक्ष्मी मौसी तुझे और तेरे बच्चे को कुछ भी नहीं होने देगी।"

कौशल्या रेल सुरंग की तरफ़ चली गयी और लक्ष्मी गाँव की तरफ़ वापस आ गयी। अभी कौशल्या थोड़ी दूर ही गयी होगी कि ढूँढते-ढूँढते उसके सामने दो गाँव वाले आ खड़े हुए। "तुमरा अंत आ गया है। तुमको और तुमरा ई शैतान का बीज को आज यहीं खत्म कर देंगे" हाथ में तलवार लिए, कैलाश ने धमकी दी। अब यह नफ़रत और अंधविश्वास कौशल्या की बर्दाश्त के बाहर जा चुका था, वह थक चुकी थी। गाँव वालों ने उसका सब कुछ छीन लिया था। कौशल्या को पता नहीं अचानक क्या हुआ, उसने जैसे चण्डी का रूप धारण कर लिया। लंबे खुले बाल, लाल आखें, चेहरा पसीने से भीग के चाँदनी में चमक रहा था जिसे देख वह आदमी हाथ में तलवार लिए कौशल्या के सामने थर थर काँपने लगा। "सोच क्या रहा है ...? मारना" उसके साथी बिजैइया ने कहा और इससे पहले की कैलाश कुछ करता कौशल्या ने उसके हाथ से तलवार छीन उसके कलेजे के पार कर दिया, "एक कदम भी आगे बढ़ाया तो काली माँ की क़सम तेरा भी कलेजा निकाल दूँगी। मेरे बच्चे को

हाथ भी लगाया तो लाशों की नदियाँ बहेंगी गाँव में" कौशल्या का चेहरा उस आदमी के ख़ून से लाल हो गया था। इतना देखते ही दूसरा आदमी वहीं धराशायी हो गया। गाँव वालों ने झोपड़ी को आग लगा दी। गणपत और झोपड़ी दोनों जल के ख़त्म हो गए। गाँव वालों ने समझा उन्होंने कौशल्या को ख़त्म कर दिया और वहाँ से अपने-अपने घर लौट गए। सुबह होने से पहले लक्ष्मी मौसी वादे के मुताबिक़, छिपते-छिपाते, रेल सुरंग तक पहुंची तो देखा कि वहाँ कोई भी नहीं था।

"फिर कहाँ गयी कौशल्या? क्या गाँव वालों ने उसे मार दिया?" मैंने जीजाजी से पूछा। जीजाजी चलते-चलते एक पत्थर पर जाकर बैठ गए। उन्होंने मेरी तरफ़ देखा और कहा "नहीं। गाँव वाले उसे ढूँढ नहीं पाए" दादा भी उनके पास खड़े थे, उन्होंने मुझे अपने पास बुलाया "इधर आइए दिवाकर बाबू! वह सामने घना पेड़ सब देख रहे है, जहाँ एक टावर बना हुआ है?" तर्जनी से एक तरफ़, एक दूरी पर दिखाते हुए उन्होंने कहा। मैंने उस तरफ़ देखा और हाँ में सर हिला दिया, "और उधर दूर एक खण्डहर दिख रहा है उसके पीछे?" मेरी आँखें अब बड़ी हो रही थी, मैंने अपनी बड़ी-बड़ी आँखें जीजाजी की तरफ़ कीं तो उन्होंने खड़े होते हुए कहा "हाँ! ठिक्के सोच रहे हो, वही है...रेल खण्डहर....देख लिए? चलिए अब घर चला जाए, यही दिखाने लाए थे आपको।" मैं बहुत कुछ बोलना चाह रहा था, मन में थोड़ी देर पहले बहुत रो सनाल थे लेकिन अब मेरी आवाज़ ही जैसे ग़ायब हो गयी थी। मैं उस रेल खण्डहर से उठते सन्नाटे को अपने शरीर पर महसूस कर रहा था। मैं बिना कुछ बोले उन दोनों को अपना सुरक्षा कवच बनाते हुए, दोनों के बीच में आ गया और चुपचाप घर की ओर चल पड़ा।

उधर मत जाना

हम बात करते हुए घर की तरफ़ चलते गए। दादा ने कहा "कौशल्या हमेशा के लिए उस वीराने में खो गयी। कुछ दिनों बाद गाँव वालों को कौशल्या का मृत शरीर, रेल खण्डहर में अकड़ा हुआ मिला, ठीक उसी तरह से जैसे वह गणपत को कहानी की शुरुआत में मिली थी, ठीक वैसे-जैसे सुगंधा अकड़ी हुई मिली थी," "तो क्या वह लाल फूल वाली चुड़ैल जो सुगंधा को दिखती थी वह कौशल्या ही थी? या फिर कौशल्या ही सुगंधा बन के साधुराम को मिली थी" मैं असमंजस पड़ गया। "अगर मैं कहूँ कि हाँ, वह दोनों एक ही थीं तो क्या मान लोगे?" जीजा ने मुझसे पूछा तो मैं थोड़ी देर के लिए चुप हो गया, लेकिन फिर मैंने मज़ाक़ में कहा,"मान तो लूँगा जीजाजी क्योंकि आप कह रहे हैं लेकिन... और फ़िलहाल इसको ग़लत साबित करने के लिए कोई सबूत भी नहीं है मेरे पास," मेरी बात पर मुस्कुराते हुए जीजाजी ने कहा, "करेक्ट! और मान तो लिया पर जानोगे कैसे? जानने के लिए सही वक़्त का इंतज़ार करो, समय सब कुछ साफ़ कर देता है, दूध का दूध और पानी का

पानी...सच को जानना एक बहुत बड़ी चुनौती है लेकिन एक बार धैर्य से सही रास्ते पर चलते रहो तो वह गाहे-बगाहे आपसे टकरा ही जाता है।"

तभी दादा ने अचानक तेज़ आवाज़ में कहा "वह सब तो ठीक है, एक और सत्य है जिसके बारे में आप लोगों को बिल्कुल भी चिंता नहीं है।" मैंने पलट के दादा की तरफ़ देखा, "भोजन का सत्य!! जिसके रास्ते पर मैं ख़ुद को अकेला ही पाता हूँ। आप लोग तो बातचीत और रिसर्च वगैरह में बिजी हो जाते हैं, रसोई में अकेले हमारा पसीना बहता है" दादा ने चुटकी लेते हुए कहा। "ठीक है, दाल-भात–भुजिया!! क्यों दिवाकर बाबू? आपका तो फेवरेट है ना, बना दीजिए।" चट से जीजाजी ने दादा की खिल्ली उड़ाते हुए कहा। "नै! अब दाल -भात – भुजिया इनका फ़ेवरिट नहीं है, इनको कोबी आलू का सब्ज़ी और परौठा खाना है, आज से यही फेवरिट है इनका" दादा ने अपना सत्य मुझ पर थोपते हुए कहा। "सत्य असत्य क्यों लग रहा है हमको, धनिराम बाबू?" जीजा ने दादा की पीठ पर एक मुक्का मारते हुए कहा और मैं अचानक ठिठक गया यह देखकर कि घर के गेट के अंदर साड़ी पहन के एक औरत बैठी हुई थी।

हम चलते हुए घर के सामने उसी पतले रास्ते पर पहुँच चुके थे जहाँ मुझे साधुराम के प्रेत ने दबोचा था। जीजाजी और दादा भी चलते-चलते ठिठक गए थे। दोनों ने एक दूसरे की तरफ़ देखा और तेज़ी से घर की तरफ़ चलने लगे। मुझे फिर से डर लगने लगा, कल रात को ही जीजाजी ने कहा था कि घबराओ नहीं यहाँ कोई नहीं आएगा और अब वहाँ कोई औरत साड़ी पहन के बैठी थी। मुझे डर था कि कहीं हम बात करते-करते कौशल्या से ज़्यादा कनेक्ट तो नहीं हो गए? ऊपर से खण्डहर और जंगल वगैरह सब देखकर भी आ गए थे। मैं हनुमान चालीसा पढ़ने लगा और पता नहीं कब मैंने दादा का कुर्ता कसकर पकड़ लिया। दादा समझ गए और मुझे देखकर मुस्कुराने लगे। अब इनका तो आलरेडी प्रेतात्माओं से बातचीत करने का एक्सपीरियंस है, यह तो मुस्कुराएँगे ही। हम गेट के पास आ चुके थे। मैंने देखा कि उस औरत की गोद में एक बच्चा भी था, यह देख के मेरी साँस और फूलने लगी। मेरी

चाल अपने आप धीमी हो गयी लेकिन जीजाजी की तेज़। वह कूद के उस औरत के पास पहुँचे और कहा "ज्योति? तुम? कब से बैठी हो? तुम तो अगले हफ़्ते आने वाली थी ना, अंदर चलो, चाभी नहीं है क्या तुम्हारे पास" कह के जीजाजी घर का ताला खोलने लगे, "धीरे बोलिए अभी ये सोई है गुड़िया, तबेत ख़राब हो गया था इसका, नाक में दम कर दिया बोल-बोल के कि पापा के पास जाना है।" इतना सुनते ही मैं समझ गया कि ज्योति, यानी जीजाजी की धरम पत्नी, यानी की हमारी दीदी मायके से आ गयी थीं। मेरे अंदर उबलते हुए डर को दादा समझ गए थे इसलिए वह मुझे देखकर मुँह दबाए हँसे जा रहे थे। इन सबके बीच मेरे दिल की धड़कन फ़्लुक्चुएट होने लगी। लेकिन मैं खुश था कि अब दादा और मुझे रसोई में खाना नहीं बनाना पड़ेगा, मैं अब शांति से कहानी सुन पाऊँगा।

दीदी बहुत प्यारी थीं और गुड़िया तो सबसे प्यारी। वह बहुत प्यार से, निश्चिंत होकर दीदी की गोद में सो रही थी। दीदी और गुड़िया को देखकर मैं बहुत खुश हो गया था लेकिन ठीक उसी पल मेरे सामने कौशल्या के हालात आकर खड़े हो गए। गुड़िया के बिल्कुल विपरीत उसने अपने जीवन में कितना संघर्ष देखा था। इसी को शायद 'होनी' कहते हैं या फिर क़िस्मत। जीजाजी अक्सर अपनी बातों में 'होनी' की मिसाल देते थे और जिस जानने का ज़िक्र करते थे मुझे उसका अर्थ समझ आने लगा था। "ज्योति इससे मिलो, दिवाकर! पटना में पत्रकार है और फ़िल्म लिख रहा है। मज़े की बात यह है कि यह इसी गाँव में पैदा हुआ, सतीश बाबू का लड़का है" जीजाजी ने मेरा परिचय करवाते हुए दीदी से कहा तो मैंने पैर छू कर ज्योति दी को प्रणाम किया। "खुश रहिए, आप लोग कहाँ चले गए थे जी, हम कब से बैठे थे?" दीदी ने जीजाजी से पूछा, "ऐसे ही टहलने गए थे" जवाब देते हुए उन्होंने बिटिया को गोद से लिया और उसे सुलाने के लिए अंदर चले गए। "तब कहाँ घुमा के लाए हैं धनी भईया?" दीदी ने धनिया दा से पूछा लेकिन उत्साह में जवाब मैंने दे दिया "जीजाजी ने रेल खण्डहर दिखाया और आम का बगीचा भी, जहाँ कौशल्या अपने आख़िरी समय में छिपी थी। बेचारी पर बहुत जुल्म

हुआ।" इतना सुनते ही दीदी का चेहरा ग़ुस्से से लाल हो गया। तब तक जीजाजी गुड़िया को कमरे में सुला कर आ गए थे और पीछे ही अपना मुँह छिपाए खड़े थे। उनके अपने माथे पर हाथ रखने से मुझे समझ आ गया कि मैंने लबलब्बी में ऐसा कुछ बोल दिया था जो मुझे नहीं बोलना चाहिए था। धनिया दा भी तुरंत पलट के कुछ काम करने की एक्टिंग करने लगे। दीदी ने तमतमा के जीजाजी की तरफ़ देखा और अंदर कमरे में चली गयी।

रात को हम सभी खाना खाने बैठे, बैगन का चोखा और गोभी की सब्ज़ी बनी थी, झट से गरम-गरम रोटी परोस दिया दीदी ने। रोटी की शक्ल देखे कई दिन हो गए थे लेकिन सच बताऊँ! मैंने एक भी निवाला नहीं तोड़ा, जब तक जीजाजी ने थोड़ा-सा निकालकर भोग नहीं लगा दिया। खाने में जो स्वाद था, आहाहा...! उसके लिए शब्द नहीं हैं मेरे पास। मैंने खाते-खाते पूछा "इतना सब कुछ देखने के बाद भी जीजाजी आप यहीं क्यों रहते हैं... देखिए आप बड़े हैं हमसे, उम्र में भी और तज़ुर्बे में भी, ज़्यादा दुनिया देखी है आपने, क्यों नहीं शहर में ..." जीजाजी ने मेरी बात को काटते हुए कहा "बऊआ! पुराना, खड़ीयाईल गाँछ को जड़ से उखाड़ दोगे तो क्या होगा?" दीदी ने बात को घुमाते हुए कहा "खाना कैसा लगा दिवाकर भईया?।" मैंने तर्जनी और अंगूठे को जोड़ते हुए फिर से परफ़ेक्ट का चिन्ह बनाया। "और रिसर्च कहाँ कैसा चल रहा है?।" मैं सच में निःशब्द था, मैंने दीदी और जीजाजी की तरफ़ देखा और कहा "खाना और रिसर्च बहुत अच्छा चल रहा है, हम तो सोचे भी नहीं थे कि यहाँ आने पर एक परिवार मिल जाएगा हमको! भोजन और कहानी दोनों एक दम 'परफ़ेक्ट' है दीदी।" जीजाजी मेरी बात सुन के बहुत खुश हो गए। दीदी ने एक और रोटी मेरी थाली में परोसते हुए कहा "तो कहाँ तक पहुँची है कहानी?," "अभी तो कौशल्या के लापता होने तक" मैंने कहा। दीदी ने मेरी बात ख़त्म होते ही जीजाजी से कहा "आप काहे गए थे जी ....खण्डहर की तरफ़? ऊ भी दिवाकर बाबू और धनिया भईया को लेकर?," "अरे ऐसे अंदर थोड़ी चले गए थे, टीला पर से ही, दूर से ही दिखाया, क्यों धनिया बोलता काहे नहीं है अपना दीदी को?" जीजाजी

ने थोड़ा चिढ़ते हुए कहा। दादा ने जीजाजी का बचाव करते हुए कहा "कोई बात नहीं दीदी, दूर में ही थे हम लोग, और फिर जीजाजी थे ना वहाँ, कुछ नहीं होगा किसी को...काहे मेहमान जी को कुढ़ा रही हो, कहनियाँ तो तुम भी बहुत चाव से सुनोगी। बोल दो की नै सुनोगी? आएँ?... याद है ना मेहमान क्या हुआ था खण्डहर के पास? दीदी से बात करते-करते दादा ने मेरी तरफ़ देखा "वहाँ पहली बार मेहमान हम पर हाथ उठाए थे," "और आख़िरी बार भी" जीजाजी ने ताल में ताल मिलाते हुए कहा। "अच्छा!!.. क्यों ऐसा क्यों" मैंने मुँह में पापड़ कड़कड़ाते हुए कहा। "एक बात बताइएगा दिवाकर बाबू, क्या मैंने अभी तक पिटुआ नाम के व्यक्ति का ज़िक्र किया था?" उन्होंने पूछा। "नहीं .. शायद अभी तक ..," मुझे बीच में टोकते हुए दादा ने कहा "किया है! 'पिटुआ!!'..भूल गए दिवाकर बाबू।" मुझे ठीक से याद नहीं आ रहा था तो जीजाजी ने मेरी कान पकड़ी "नोट किया करो। अरे! दो चोर, जो साधुराम के घर में चोरी के इरादे से घुसे थे, लेकिन घर में भूत देखकर भाग गए..," मुझे तुरंत याद आ गया "वही ना, जो साधुराम की दुकान पर सिगरेट लेने आया था जब मुख़्त्यार जान न्योता देने आयी थी।" "हाँ वही! अब बाक़ी खाना ख़त्म कर लीजिए, फिर आराम से बरामदा में बैठ के पान खाते-खाते बात करते हैं।" खाना इतना स्वादिष्ट था कि पेट भर गया लेकिन मन नहीं भरा था। मन भरने के लिए दादा ने पान की थाली मेरे आगे बढ़ा दी।

पान मुँह में दबाते हुए जीजाजी ने कहा "पीतांबर उर्फ़ पिटुआ एक अनाथ लड़का था। बस्ती में उसकी नानी ने उसे पाल पोस कर बड़ा किया था। जैसा कि अनाथ लोगों के साथ अक्सर होता है, अच्छी परवरिश के बिना वह ग़लत रास्ते पर चले जाते हैं। पिटुआ के साथ भी वैसा ही हुआ। शुरुआत की हल्की-फुल्की चोरी करते-करते उसे पता ही नहीं चला कि कब वह एक पेशेवर चोर बन गया और अफ़ग़ानी पहलवान के लिए काम करने लगा। गाँव में कोई भी उसे पसंद नहीं करता था, कुछ उससे डरते थे और कुछ उससे नफ़रत करते थे सिवाय तीन लोगों के। एक तो उसकी नानी, दूसरा गोपी, उसके बचपन का साथी और तीसरी कंचन, अफ़ग़ानी पहलवान की बेटी।

पिटुआ और कंचन बचपन के दोस्त थे जो जवानी में प्यार के कच्चे धागे में बँध गए। अफ़ग़ानी पहलवान, जात से एक कसाई, शराब का कारोबार भी करता था और एक जुए का अड्डा भी चलाता था। उसके आदमी जो भी लूटते, पैसा या सामान, पहलवान को देते और पहलवान उसमें से कुछ इनको दे देता। पिटुआ भी इसके आदमियों में से एक था, हालाँकि पिटुआ उसमें भी हेरा-फेरी करने में क़ामयाब हो जाता था जिस बात से पहलवान पिटुआ से ख़फ़ा भी रहता। पकड़े जाने पर पहलवान पिटुआ की धुलाई कर देता लेकिन हर बार कंचन पिटुआ को किसी ना किसी तरह बचा लेती।

कंचन दिखने में बहुत प्यारी थी, गाँव के सभी लड़के उसके दीवाने थे, लेकिन वह इतनी लड़ाकू और दबंग थी कि कोई भी उससे बात करने की हिम्मत नहीं करता था। पहलवान को पिटुआ का या किसी और लड़के का उससे बात करना या मिलना जुलना पसंद नहीं था इसलिए वह किसी को भी उसके पास फटकने नहीं देता था। उसने अपनी बिटिया को बड़े ही लाड़ प्यार से पाला था। लेकिन प्यार में पागल दो दिलों को भला आज तक कोई रोक पाया था क्या? नहीं! पिटुआ और कंचन हमेशा गाँव वालों से छिपकर मिलते।

एक लड़की के कई आशिक़ होने के बहुत से नुक़सान होते हैं, जिसमें से एक यह होता है कि लड़की जिससे प्रेम करती है उसके बहुत सारे दुश्मन बन जाते हैं और पिटुआ को तो पूरा गाँव ही नापसंद करता था। उसके दुश्मनों में से सबसे बड़ा दुश्मन जगन्नाथ था। जगन्नाथ भी पहलवान के अड्डे पर काम करता था और वह भी कंचन को बहुत प्यार करता था लेकिन कंचन ने अपने बाप से कह के कई बार उसकी मरम्मत करवाई थी। तो इस हिसाब से अब कंचन भी उसकी दुश्मन ही थी और अगर प्यार करने वाला दुश्मन बन जाए तो बचना थोड़ा मुश्किल होता है दिवाकर बाबू।

“फिर ऐसी सिक्योरिटी में दोनों मिलते कैसे थे” मैंने जीजाजी से पूछा।
“रेल खण्डहर में! जब भी पिटुआ और कंचन को मिलना होता तब पिटुआ कंचन को देखते ही इशारा करके वहाँ से निकल जाता और कंचन बाज़ार या

सहेलियों का बहाना करके, पिटुआ के पीछे–पीछे निकल जाती। एक दिन पिटुआ अपने साथियों के साथ बैठा जुआ खेल रहा था। पिटुआ जीत रहा था और जगन्नाथ हार रहा था। तभी कंचन ने पिटुआ को इशारा किया। पिटुआ खेल के बीच से ही उठ गया। जगन्नाथ ने पिटुआ को जीतते हुए से उठकर जाते कभी नहीं देखा था, उसे थोड़ा अजीब लगा, "क्या हुआ पिट्टू, तुम तो जीत रहा था, ऐसा कौन ज़रूरी काम याद आ गया?," "है कुछ, तुमको काहे खुजली हो रहा है, हार रहा है अपना खेल पर ध्यान दो... अब नै खेलेंगे, मन नहीं है" इतना कह के जीते हुए पैसे लेकर पिटुआ वहाँ से चला गया। थोड़ी देर के बाद कंचन भी वहाँ से अपनी साइकिल पर निकली, उसका चेहरा गुस्से से लाल हो रहा था। जगन्नाथ यह भाँप गया था कि कुछ तो गड़बड़ है। इधर अपने तय किए हुए जगह के हिसाब से पिटुआ सीधा रेल खण्डहर पहुँच गया।"

"वहाँ कभी कुछ हुआ नहीं उनके साथ? बड़ी हिम्मत थी भाई पिटुआ में" मैं आश्चर्यचकित था। जीजा ने एक आख़िरी बार पान चबाई और लोटे से कुल्ला करके, मुस्कुराते हुए कहा "हुआ! उसके साथ उस शाम को कुछ तो हुआ था, लेकिन प्यार में बड़ी हिम्मत होती है दिवाकर बाबू! आपको कभी प्यार हुआ है? तब आपकी ही उम्र का था पिटुआ भी, मम्म? मैं थोड़ा शरमा गया और अभी मैं शरमा ही रहा था कि 'प्यार' शब्द सुनते ही ज्योति दी वहाँ आ गयीं "किसको किससे प्यार हो गया भाई?" मैं और शरमा गया, इतना कि अब ज़मीन में ही धँस जाने का मन कर रहा था। "दिवाकर अपनी प्रेमिका के बारे में बता रहे थे" जीजाजी ने चुटकी लेते हुए कहा। "नहीं-नहीं ऐसा कुछ भी नहीं है, जीजाजी पिटुआ और कंचन के बारे में बता रहे थे," मैंने बात को वापस कहानी पर लाने की कोशिश करते हुए कहा। दीदी ने बड़े रोमांटिक अन्दाज़ में, साड़ी के पल्लू से एक डब्बा निकाला और जीजाजी की तरफ़ बढ़ा दिया "यह लीजिए... आपके लिए, आपका पसंदीदा 555 सिगरेट, जलाइए फेफड़ा" लेकिन तुरंत ही अपना हाथ पीछे कर लिया, "एक शर्त पर देंगे!," "मंज़ूर है" जीजाजी ने हाथ सामने करते हुए कहा। "पहले सुन तो लीजिए,"

"आप हुकुम तो करिए" जीजाजी ने हाथ जोड़कर सर झुका लिया। दीदी ने किसी सरकारी अफ़सर की तरह गर्दन ऊँची करके, आँखें बंद करते हुए कहा "दिन में बस एक ...!" और जीजाजी ने किसी सरकारी दफ़्तर में खड़े टेण्डर भरते हुए ठेकेदार के जैसा मुँह बनाया और विनती के भाव में देखते हुए कहा "अच्छा ठीक है .. दिन में बस दो। उससे ज़्यादा नहीं।" दीदी को मानना ही था। दीदी के हाथ से सिगरेट का डब्बा लेकर जीजाजी ने, एक दूसरा, पुराना टिन का डब्बा निकाला और सारे सिगरेट उसमें डाल दिए। मैंने पूछा "इतने पुराने डब्बे में.. कुछ ख़ास है क्या इसमें?" जीजा ने मुझे डिब्बा दिखाया तो उस पर गुदा हुआ था "अभीर सिंह भईया।" मैंने जीजाजी की तरफ़ देखा तो दादा ने कहा, "इसका लंबा कहानी है, बहुत मज़ेदार, बस सब्र से सुनते जाइए दिवाकर बाबू," "हाँ कहानी ...आगे" दीदी की उत्सुकता मुझसे कहीं ज़्यादा थी। जीजाजी ने एक सिगरेट का कश लेते हुए आगे बताया।

"रेल खण्डहर में डर तो लगता ही था, इसलिए पिटुआ कभी बहुत अंदर तक नहीं गया। रेल खण्डहर में घुसने के पहले एक बड़ा-सा गेट था, जिसे पार करते ही टूटी-फूटी इमारतें थीं और एक टूटा-सा शेड ख़ास गेट कीपर के लिए बनाया गया था। आगे कुछ कमरे मशीनों के लिए भी थे। बीस साल से वहाँ कोई काम ना होने की वजह से पेड़ और झड़ियाँ उगकर एक जंगल जैसा बन गया था। उसमें छिप के कोई भी आराम से बैठ सकता था, लेकिन वहाँ जाने की हिम्मत कोई पागल इंसान ही कर सकता- 'प्यार में पागल'। इस इलाक़े को पार करके रेल खण्डहर का मुख्य द्वार आता था जो एक गलियारे में खुलता था, उसके बाद जाकर असली रेल कारखाना शुरू होता।

जब पिटुआ रेल खण्डहर पहुँचा तो उसने देखा कि कंचन पहले से वहाँ मौजूद थी, ग़ुस्से से चेहरा लाल, मुँह फुलाए बैठी थी। पिटुआ उसके पास बैठा और उसे अपनी बाहों में भर लिया। "कितनी बार बोला है मुझे यहाँ मत बुलाया कर" कंचन ने चिढ़ते हुए कहा। "कुछ नहीं होगा यहाँ, फ़ालतू में डरती हो.. और यहाँ नहीं तो कहाँ मिलें? इसके अलावा कोई जगह ही नहीं है जहाँ हम मिल पाएँ," इतना कहते ही पिटुआ उसके होठों को चूमने लगा

लेकिन कंचन ने उसे धक्का देकर हटा दिया। गठरी निकालकर कंचन ने डाँटते हुए कहा "क्या तुम बस यह सब करने के लिए मिलते हो?.. इधर आओ! बैठो," पिटुआ चुपचाप उसके बग़ल में, एक अच्छे बच्चे की तरह बैठ गया। "मुँह खोलो .." पिटुआ ठीक से मुँह नहीं खोल पा रहा था क्योंकि हेराफेरी पकड़े जाने की वजह से पहलवान ने उसकी थोड़ी-सी कुटाई की थी। बहुत सावधानी और ममता से कंचन ने उसके मुँह में एक निवाला डाला, "हम बनाए थे तुम्हारे लिए, तुमको हलवा पूड़ी अच्छा लगता है ना लेकिन तुम ज़िंदगी भर पीटते-पिटाते रहना मेरा बाप से। आज तो हम खाना खिला दे रहे हैं.. लेकिन एक दिन कोई हमको ब्याह के ले जाएगा और तुम यहीं रेल खण्डहर में पड़े रहना...लो मुँह खोलो" कहकर एक और निवाला खिलाया, "अपना बाप को समझाओ ना..बुढ़ापा में हमरे ऊपर काहे पहलवानी .. आआआआ... अजमा रहा है... लिहाज से छोड़ देते हैं नहीं तो...." पिटुआ की बात काटते हुए कंचन ने पिटुआ का चेहरा अपनी तरफ़ किया और अपने ग़ुस्से को दबाते हुए, गंभीर होकर कहा, "मज़ाक़ नहीं कर रहे हैं हम, बाबूजी हमारा ब्याह कर रहे हैं बंगाल के किसी ज़मींदार के घर में, या तो इतना पैसा कमा के ले आओ कि बाबूजी तुमरे साथ बिना कोई दिक़्क़त का शादी करा दें, या तो ..." पिटुआ चबाते-चबाते रुक गया ".. या तो हमें भगा के ले जाओ अगर तुम्हारे प्रेम में इतना दम है तो .. जो की तुमसे होगा नहीं," कंचन की आँखों में आँसू आ गए और वह पिटुआ से लिपट के रोने लगी, "हमको कहीं और नहीं जाना.. बचपन से बस तुम्हरे साथ रहे हैं, अब किसी और के साथ नहीं रह पाएँगे," पिटुआ ने कंचन के आँसुओं को पोंछते हुए कहा "कंचन! हम तो अनाथ थे और अनाथ हैं, मेरा तो दुनिया में तुमरे सिवा और कोई भी नहीं है, तुम हो तो हम हैं। पगली एतना प्रेम करती है हमसे...मम्म?" "बचपन से" इतना कहकर कंचन और पिटुआ एक दूसरे को चूमने लगे और एक दूसरे में लीन हो गए।

प्रेम लीला के बाद, पिटुआ ने एक सिगरेट जलाई और कहा "हम कभी तुमसे दूर नहीं होंगे, मर भी गए तब भी नहीं" जिसे सुनते ही कंचन को ग़ुस्सा

आ गया और उसके मुँह से सिगरेट फेंकते हुए कहा "तुम कितना निश्चिंत है ना? बस यही सब करने के लिए यहाँ आते हो तुम..." और रोते हुए वहाँ से भाग के कहीं छिप गयी। पिटुआ उसे मनाने के लिए उसके पीछे भागा लेकिन उसके गुस्से को शांत करना नामुमकिन था। यह सोचकर कि वह अपने आप शांत हो जाएगी, वह टूटे हुए शेड में जाकर बैठ गया। तभी उसे, दुबारा, कंचन की आहट हुई, वह उस तरफ़ जाने लगा।

पता है दिवाकर! कंचन को भी पिटुआ का सिगरेट पीना पसंद नहीं था," जीजाजी ने दीदी की तरफ़ देखते हुए कहा। दीदी फिर से सरकारी ऑफिसर वाली पोजीशन में तन गयी और जीजाजी मुस्कुरा कर बोलते रहे "जैसाकि मैंने पहले बताया था, कंचन लड़ाकू थी और पिटुआ उससे डरता था, इसलिए उसने सिगरेट बुझा दी। कंचन भाग के छिप गयी। पिटुआ उसे बेसब्री से ढूँढने लगा, "अरे बीड़ी नहीं पीऊँगा यह कहा था, यह तो सिगरेट है" उसने आवाज़ लगाकर कहा। कुछ देर तक पिटुआ उसे ढूँढता रहा। कंचन हर बार भाग के दूसरी ओर छिप जाती। नाराज़गी दिखाते-दिखाते शायद उसे अब इस शैतानी में मस्ती आने लगी थी। वह पिटुआ को कभी इधर भगाती तो कभी उधर नचाती, कभी मशीनों वाले कमरों की तरफ़ तो कभी दरबान वाले कमरे की दीवार पर उगी झाड़ियों और टहनियों के बीच। पिटुआ और कंचन दोनों इस शरारत में बराबरी के हिस्सेदार हो गए थे। मशीनों वाले कमरे से कंचन के पायल की आहट सुनाई दे रही थी। पिटुआ मस्ती में उसे पकड़ने के लिए दबे पाँव उसकी तरफ़ बढ़ने लगा। जैसे ही उसने पकड़ने के लिए हाथ दीवार के पीछे किया तो कोई नहीं था और ठीक पीछे, गेट की तरफ़ से चीख़ने की आवाज़ आयी। आवाज़ कंचन की थी। पिटुआ चौंक कर उस आवाज़ की ओर भागा, उसने देखा कंचन गेट के पास झाड़ियों में डरी सहमी-सी दुबक के बैठी हुई है, "कहाँ चले गए थे," "वाह उल्टा तुम ही मुझे नचा रही थी .. लेकिन तुम यहाँ हो तो वहाँ पीछे कौन थी?" कंचन ने रोते हुए कहा "कोई था...यहाँ पर! तब क्या कह रहे थे, मर जाऊँगा तब भी छोड़ के नहीं जाओगे और मेरी थोड़ी आँख लग गयी तो यहाँ छोड़कर चले गए,"

"क्या कह रही हो तुम उल्टा तुम नाराज़ होकर भाग गयी थी...मेरी तो कुछ समझ में नहीं आ रहा है.. अच्छा रो मत चलो यहाँ से।" तभी फिर से एक आवाज़ आयी, कोई औरत रो रही थी। दोनों डर गए। दोनों वहाँ से फटाफट निकल गए। उस दिन पिटुआ के साथ पहली बार ऐसा कुछ हुआ था। उन्हें लगा वहाँ से भाग निकलने पर मुश्किल टल गयी थी लेकिन असली मुश्किल उनका पहलवान के घर पर इंतज़ार कर रही थी। अगले दिन पिटुआ अड्डे पर पहुँचा, इस बात से अनजान, की जगन्नाथ ने उन दोनों की करतूत पहले ही पहलवान को बता दी थी।"

मैं जीजाजी को अवाक-सा देख रहा था, उन्होंने मेरी व्याकुलता को समझते हुए कहा, "हाँ! जगन्नाथ! जिसे कंचन ने देखा वह जगन्नाथ था, जो छिप के सब कुछ देख रहा था। कंचन और पिटुआ का पीछा वह तब से कर रहा था जब से दोनों घर से निकले थे," "...और पिटुआ ने जिसका पीछा किया वह भी जगन्नाथ ही था?" मैं रहस्य को तोड़ मरोड़ से सत्य समझने का प्रयास कर रहा था लेकिन जीजाजी ने मुझे किसी निष्कर्ष पर पहुँचने नहीं दिया, "देखो! यह तो स्पष्ट था कि कंचन ने जिसको देखा, वह जगन्नाथ था, लेकिन पिटुआ जिसको ढूँढ रहा था वह जगन्नाथ था या कोई और यह स्पष्ट नहीं हुआ था अभी तक, क्योंकि जगन्नाथ एक ही समय में दो जगहों पर तो नहीं हो सकता ना।"

"उस दिन तो कंचन और पिटुआ अपने-अपने घर लौट गए लेकिन अगले दिन जब पिटुआ पहलवान के अड्डे पर पहुँचा तो मंज़र बदल चुका था। जगन्नाथ ने पहलवान को सब कुछ बता दिया था और कंचन का ब्याह तय हो चुका था। पहलवान और उसके आदमी पिटुआ का इंतज़ार कर रहे थे। पिटुआ और गोपी, हमेशा की तरह, आकर जुए की टेबल पर बैठ गए। तभी पिटुआ की पीठ पर पहलवान ने ज़ोर से एक लात मारी और पिटुआ गोपी को लिए-दिए ज़मीन पर गिर गया। पिटुआ तैश में उठा और इससे पहले कि वह पहलवान की तरफ़ लपकता, उसे पहलवान के लोगों ने पकड़ लिया। इस बार पिटुआ को पहलवान के हाथों से कंचन नहीं बचा पाई

क्योंकि वह अपने कमरे में बंद, अपनी क़िस्मत पर रो रही थी। पहलवान ने अपने मोटे-मोटे हाथों से पिटुआ का जबड़ा पकड़ा और कहा "हमारा टुकड़ा पर पलने वाला कुत्ता, हमको ही काट रहा था? भूल गया अपना औक़ात। हरामख़ोर!" पहलवान ने अपने कमर से गंडासा निकालकर उसकी मूठ से, पिटुआ के चेहरे को मार-मार कर लहूलुहान कर दिया। पिटुआ दर्द से चीख़ रहा था और अपनी दशा पर मुस्कुरा भी रहा था। उसकी मुस्कुराहट ने पहलवान को और पागल कर दिया, उस शाम पहलवान ने पिटुआ को बहुत मारा। गोपी ने जब उसे बचाने की कोशिश की तो पहलवान के आदमियों ने उसकी भी हड्डी-पसली एक कर दी। दोनों को अधमरी हालत में अड्डे के बाहर फेंक दिया गया और चेतावनी दी गयी कि गाँव के इस तरफ़ अगर दिखे तो मार दिया जाएगा।

पिटुआ को ठीक होने में क़रीब एक हफ़्ता लगा और उधर कंचन की शादी की तैयारियाँ चलने लगीं। गोपी पिटुआ का बचपन का दोस्त था। पिटुआ को पहलवान के अड्डे तक ले जाने वाला गोपी ही था। कभी-कभी हम बहुत चाहते है कि भूतकाल में वापस जाकर अपनी ग़लतियों को सुधार लें, लेकिन पश्चाताप के अलावा हमारे हाथ कुछ नहीं लगता और अपने किए का हिसाब हमें यहीं देकर जाना पड़ता है।" "तो क्या पहलवान ने उन दोनों को जान से मार दिया?" मैंने पूछा। "नहीं! रस्सी टूट गयी थी पर बल नहीं गया था! यह दोनों आख़िरी बार साधुराम की दुकान पर दिखे थे जिस दिन मुख़्त्यार जान न्योता देने आयी थी। उसके बाद काफ़ी दिनों तक नहीं दिखे और जब दिखे तो उनकी हालत कुछ और ही थी" जीजाजी ने बड़े दुखी स्वर में कहा। "मतलब?" मैंने फिर पूछा, "मतलब, स्टेशन और रेल कारख़ाने का नवीनीकरण शुरू हुआ और उधर कंचन की शादी हो गयी। पिटुआ चोरी छोड़कर अपनी नानी के साथ उसी स्टेशन के पुनर्निर्माण के काम में मज़दूरी करने लगा। तब तक सब कुछ सही चल रहा था जब तक स्टेशन में इन्दु की लाश नहीं मिली।"

मैं लाश सुन के उछल पड़ा। मेरे चेहरे पर चमक आ गयी थी क्योंकि बहुत देर के बाद कुछ भयानक घटा था, कोई मरा था, मैंने कहा "जीजाजी,

अब तक कहानी डरावनी कम और हारी हुई प्रेम कथा ज़्यादा लग रही थी, अब जाकर आँखों में चमक आयी मेरे," "हाँ दिवाकर बाबू, यही होता है, अक्सर किसी दूसरे का तमाशा लोगों की आँखों में चमक पैदा कर देता है" यह बोल के उन्होंने मेरी तरफ़ देखा और उनकी आँखों ने मेरे कलेजे में जैसे छेद कर दिया। उनकी इस बात ने मेरे अंतर्मन को झकझोर दिया, "मेरा वह मतलब बिल्कुल नहीं था जीजाजी, माफ़ कर दीजिएगा, मैं इतना असंवेदनशील कैसे हो सकता हूँ" मैंने ख़ुद को कहा, "मैं जानता हूँ दिवाकर बाबू, मेरा भी वह मतलब नहीं था, आपको नहीं बल्कि मैं एक सामान्य बात कह रहा था। पिटुआ ने चोरी छोड़ कर मज़दूरी तो शुरू कर दी लेकिन कंचन से दूर होकर वह खुश नहीं रह पाया कभी। रेल खण्डहर में उसकी और कंचन की यादें बसीं हुई थी, उसके साथ बिताए हुए पल उसे काटने को दौड़ते थे। वह ख़ाली समय में रेल खण्डहर की उन तमाम जगहों पर उदास भटकता रहता जहाँ वह पहले कभी मिला करते थे और कभी-कभी उसे कोई परछाई नज़र आती तो उसे कंचन समझ, पागलों की तरह उसके पीछे दौड़ पड़ता। बाक़ी के मज़दूर उसकी इस हरकत पर उसका बहुत मज़ाक़ उड़ाते, उसे पागल कहते, ख़ास तौर पर किशन और इन्दु। नानी उसे इन परछाइयों के पीछे भागने पर बहुत डाँटती और उसे खुश रखने के लिए कभी-कभी कुछ अच्छा पका देती थी, जैसे की हलवा। उसे हलवा बहुत पसंद था।

नानी बहुत बूढ़ी हो चुकी थी, ऊपर से मज़दूरी करते-करते वह और कमज़ोर हो गयी थी, दम फूलने के कारण वह खाँसती रहती। इसके बावजूद, एक दिन नानी ने हलवा बनाया ताकि अपने नाती को थोड़ी ख़ुशी दे सके। दोपहर को खाना खाने के समय किशन और इन्दु की नज़र हलवे के डब्बे पर पड़ी। पिटुआ और नानी की नज़र बचाते हुए इन्दु ने वह डब्बा खोला, घी की महक आ रही थी। उसने डब्बा बंद कर दिया। पिटुआ को परेशान करने के लिए, इन्दु ने हलवे का डब्बा एक दीवार के ऊपर रख दिया और सभी चुपचाप बैठ गए। जब पिटुआ को पता चला तो वह अपने डब्बे को बौखला के ढूँढने लगा। उसे बौखलाता देख सभी उस पर लोट-लोट कर हँसने लगे,

पागल-पागल कह के चिढ़ाने लगे। थोड़ी देर ढूँढने पर पिटुआ ने देखा कि डब्बा दीवार पर रखा है, वह डब्बा उठाने के लिए ग़ुस्से में उस तरफ़ बढ़ा तभी नानी ने चिल्लाकर कहा "नहीं पिट्टू! मत छूना डब्बा.. हम दूसरा बना देंगे" लेकिन तब तक पिटुआ डब्बा उठा चुका था। नानी के आँखों में जैसे किसी चीज़ का ख़ौफ़ था। पिटुआ ने डब्बा उठाया तो डब्बा ख़ाली था, किसी ने हलवा पूरी तरह चटकर लिया था। सभी हैरान थे कि हलवा गया कहाँ? किसने खाया? किशन ने सफ़ाई देते हुए कहा "हमने बस डब्बा छिपाया था, खाया नहीं, क़सम से हलवा था उसमें।" पिटुआ की आँखों से आँसू बह गए और सभी ख़ामोश हो गए। उस दिन किसी ने किसी से बात नहीं की। शाम को काम ख़त्म करके सभी अपने-अपने घर चले गए।

घर लौटते समय नानी की तबियत रास्ते में ही ख़राब हो गयी, पिटुआ अपने एक मज़दूर साथी, बिलास की मदद से नानी को अस्पताल ले गया। "कुछ दिन के काम है पिटुआ! यहाँ से मज़दूरी लेकर दूसरा गाँव में चले जाना, वहाँ नई ज़िंदगी शुरू करना, यहाँ सब तुमको बहुत परेशान करते हैं," बिलास ने पिटुआ से कहा। पिटुआ ने बड़ी ही शांति से उसे समझाते हुए कहा "मुझे इन लोगों की बात से कोई फ़र्क़ नहीं पड़ता है, जीवन में एतना देख लिए, उससे बुरा अब क्या होगा।"

रात भर पिटुआ ने नानी की सेवा की और बिलास के साथ, वहीं सो गया। लेकिन अगले दिन बाक़ी मज़दूरों ने जो देखा वह भयंकर था। जब लोग कारख़ाने के अंदर काम करने के लिए पहुँचे तो देखा कि एक औरत औंधे मुँह पड़ी है। पास जाकर देखा तो पता चला औरत तो सीधे ही पड़ी थी लेकिन उसकी गर्दन पीछे की तरफ़ मुड़ी हुई थी। लोगों ने उसका मुँह सामने घुमाया और जो देखा तो पैरों तले ज़मीन खिसक गयी। वह लाश इन्दु की थी, उसका जबड़ा टूटा हुआ था और उसमें ढेर सारा हलवा ठूँसा हुआ था। किशन अपनी पत्नी की ऐसी वीभत्स हालत देखकर पागलों की तरह उससे लिपट कर रोने लगा। किशन ने इन्दु की लाश को जैसे ही उठाया उसकी गर्दन किसी पेड़ की टूटी हुई डाल के जैसी उसके शरीर से लटक गयी। सभी

डर गए और वहाँ से भाग खड़े हुए। मैं धनिराम के साथ जब वहाँ पहुँचा तो लोगों ने बताया की कल पिटुआ से लड़ाई हुई थी। पूछताछ से पता चला कि पिटुआ शाम से रात भर बिलास के साथ हस्पताल में नानी की सेवा कर रहा था। खण्डहर प्रेत बाधित तो था ही और इस हादसे के बाद सोने पे सुहागा हो गया, सभी ने वहाँ काम करने से इनकार कर दिया। "मतलब रेल खण्डहर सच में प्रेत बाधित था?" मैंने जीजाजी से पूछा। "देखो दिवाकर! मैं मानता हूँ लोग मर रहे थे और ग़ायब हो रहे थे मगर मेरी ट्रेनिंग, मेरा पुलिस होना मुझसे चीख़-चीख़कर इसके पीछे का ठोस सबूत माँग रहे थे। यह यक़ीन करते-करते मैं रुक जाता था कि इसके पीछे किसी भूत-प्रेत या किसी आत्मा का हाथ है" जीजा ने कहा।

"जब लोगों ने वहाँ काम करने से मना कर दिया तो ठेकेदार ने मजूरी तिगुनी कर दी और गाँव वालों से कहा कि अगर तुम लोग नहीं काम करोगे तो मैं पास के गाँव से मज़दूर लेकर आ जाऊँगा और तीन गुना ज़्यादा मज़दूरी ही क्यों ना देनी पड़े दे दूँगा और ज़ाहिर है कि इसके बाद भी हमारे साथ वही काम करेंगे क्योंकि जो भरोसा मुझे तुम सब पर था वह तो तुम लोगों ने तोड़ दिया। यह सुनकर गाँव वाले काम करने के लिए तैयार हो गए और कहा कि वह तीन गुना ज़्यादा मज़दूरी लेकर काम करने के लिए तैयार तो हैं लेकिन वहाँ एक छोटा-सा मंदिर स्थापित किया जाए जो उनकी बुरी आत्मा से रक्षा करेगा। और शाम के पाँच बजे के बाद वहाँ कोई भी काम नहीं करेगा। गाँव वाले ठेकेदार के झूठे झाँसे में आ गए और ठेकेदार ने गाँव वालों को मंज़ूरी दे दी इसलिए जो काम बंद हो गया था फिर से शुरू हो गया। रेल खण्डहर में एक छोटा-सा मंदिर बनाया गया। रेल सुरंग के गेट पर लाल धागा बांध कर उसे मंत्र से बाँध दिया गया और वहाँ से लेकर जिस दीवार के पास इन्दु की मौत हुई थी, वहाँ तक लाल सिंदूर से लिख दिया गया **"उधर मत जाना।"**

गुमशुदा डॉक्टर

इंसान भी गिरगिट है। चलिए पूरा का पूरा ना सही, क्या यह कहा जा सकता है कि इंसान का मन और गिरगिट का शरीर एक जैसा होता है? जिस तरह से गिरगिट परिस्थितियों के हिसाब से रंग बदलता है, ठीक उसी तरह हमारा मन भी तो बदलता रहता है, 'पल में तोला पाल में माशा'। कभी ख़ुशी तो कभी दुख, कभी मनोरंजन से भरा हुआ तो कभी भय में डूबा हुआ तो कभी भय में डूबकर मनोरंजन पाता हुआ हमारा मन। जैसे हॉरर कहानियों को पढ़ना या हॉरर फ़िल्में देखना, बत्ती बुझाकर, कमरे में अंधेरा करके। अलग-अलग लोगों के अलग-अलग मनोरंजन के तरीक़े। कुछ लोग ऐसी फ़िल्में देखना पसंद नहीं करते और कुछ लोग ऐसी फ़िल्में ख़ास तौर से रात को देखते हैं और रोमांचित होकर कमरे में अकेले सो भी जाते हैं। कुछ लोग तो इनसे भी बढ़कर होते हैं जो ऐसी जगहों पर जाकर 'घोस्ट हंटिंग' का अनुभव लेना पसंद करते हैं। इंटरनेट पर ऐसी कई जगहों का नाम मिल जाता है जैसे-भानगढ़, अग्रसेन की बावली, दुमास बीच इत्यादि और जाने कई सारे। लोग यहाँ घूमने और भूतों को एक्स्प्लोर करने जाते हैं। कुछ लोग तो ऐसी जगहों

पर रिसर्च करने भी जाते है, जैसे कि मैं और मेरे जैसे पत्रकार, फ़िल्म मेकर्स और लेखक जिन पर यह दायित्व होता है कि हम सही जानकारी दें ना कि बढ़ा चढ़ाकर, क्योंकि इसका परिणाम कमज़ोर हृदय वालों पर बुरा साबित हो सकता है, जो समाज के लिए सही नहीं होगा। क्या पता सही जानकारी से, मुश्किल समय में, उनकी जान ही बच जाए। इसलिए सही जानकारी सेहत के लिए हमेशा अच्छी ही होती है।

"कहाँ खो गए" जीजाजी ने मुझसे पूछा, "कही नहीं जीजाजी, बस ऐसे ही सोच रहे थे," "मुझे लगा नींद आ रही है आपको" जीजाजी ने मेरी तरफ़ सिगरेट की डिबिया बढ़ाते हुए कहा। मैंने पहले कभी भी अपने से किसी बड़े के सामने सिगरेट नहीं पी थी। मेरी सकुचाहट देखकर जीजाजी ने कहा "नहीं पीते तो नहीं कहता पर जब साधुराम की आत्मा के साथ पी सकते हो तो मेरे साथ क्यों नहीं? रात बहुत बाक़ी है और कहानी भी, बेझिझक जलाइए दिवाकर बाबू, शर्माइए नहीं।" मैंने एक सिगरेट जला ली, जीजाजी ने आगे बताना शुरू किया।

स्टेशन में काम फिर से शुरू हो गया। हर रोज़ मज़दूर आते अपना-अपना काम करते और शाम को पाँच बजे का साइरन बजते ही सारे लोग अपने औज़ार उठाते और अंधेरा होने से पहले घर पहुँच जाते। पिटुआ की नानी से मज़दूरी तो हो नहीं पाती थी लेकिन ज़्यादातर वह पिटुआ के साथ स्टेशन आ जाती ताकि वह उसके आस-पास ही रहे, उसके हिस्से की मज़दूरी भी पिटुआ ही कर लेता था जिससे दो लोगों की मज़दूरी मिल जाती थी उन्हें। एक दोपहर, बादल घिर आए, शाम ढलने से पहले ही अंधेरा-सा हो गया। किसी पागल मज़दूर ने मज़े-मज़े में साइरन बजा दिया और रेल खण्डहर में भगदड़ मच गयी। उस शाम जो बारिश हुई वह भुलाए नहीं भूलती दिवाकर बाबू!," जीजाजी के चेहरे पर एक अजीब-सी ख़ामोशी छा गयी थी।

"शाम को बारिश शुरू हुई और रात भर बरसती रही, थाने में मैं और धनिराम ही थे। रात के साढ़े दस बज चुके थे लेकिन हम लोगों को घर जाने की वैसी कोई जल्दी नहीं थी। जब भी बारिश होती तो बिजली चली जाती।

लालटेन की रौशनी में हम खाना खाकर अभी बैठे ही थे कि मेरे मन में चाय पीने की लालसा हुई। मैंने धनिराम से चाय बनाने को कहा और सिगरेट जलाकर थाने के बरामदे में खड़ा हो गया। जैसे ही बिजली चमकी मुझे एक औरत दिखी। बूढ़ी औरत, बारिश में भीगी हुई, हाथ में बुझी हुई लालटेन लेकर खड़ी और फिर अंधेरे में ग़ायब हो गयी। बहुत ही डरावना दृश्य था वह, बिजली फिर से चमकी, वह थाने की तरफ़ ही देख रही थी, मुझे बरामदे में देखकर मेरी तरफ़ बढ़ने लगी। पहले तो मैं डर गया लेकिन जैसे-जैसे वह थाने के पास आती गयी मुझे समझ में आ गया कि वह एक जीती जागती दुखी बुढ़िया थी जो मेरे सामने हाथ जोड़कर खड़ी थी।

दिवाकर हम अगर मुसीबत का सामना करना सीख लें तो उसका भय समाप्त हो जाता है और जिस पल भय समाप्त होता है, हम उसके समाधान की तरफ़ बढ़ने लगते हैं। बारिश की बूँदों से उसका चेहरा भीग चुका था। उसके माथे की झुर्रियाँ किसी खेत की मेड़ों की तरह, उसकी पलकों को भीगने से तो बचा रही थी लेकिन उसकी आँखों को नहीं। उस रात बारिश में गंगा और यमुना का मिलन भी हो रहा था। उस बुढ़िया की आँखों में से आँसुओं की धारा बह रही थी," "कौन थी वह बुढ़िया?" मैंने पूछा, "पिटुआ की नानी!! उस शाम भगदड़ के बाद नानी बिलास के साथ अपने झोपड़े पहुँच गयी। यह सोचकर कि पिटुआ अपने आप आ जाएगा, लेकिन पिटुआ नहीं लौटा। बुढ़िया मेरे सामने हाथ जोड़कर खड़ी थी, "बड़ा बाबू परनाम! पिटुआ कहीं नहीं मिल रहा है" उसकी आँखें उम्मीद से भरी हुईं थीं। मैंने उस बुढ़िया को बैठने के लिए कहा। तब तक धनिया भी चाय लेकर आ गया। मैंने चाय की प्याली उसकी तरफ़ बढ़ा दी, "चाय पीजिए! कौन कहाँ से नहीं मिल रहा है?," "साहेब! हमारा नाती, स्टेशन में मजूरी करता है, आज स्टेशन में एक सनकी मज़दूर, छुट्टी से पहले ही साइरन बजाकर चिल्लाने लगा। देखते ही देखते भगदड़ मच गया, भगदड़ में लोग अपना-अपना सामान उठाकर भागने लगा। साहेब हम तो भगदड़ में ही मर जाते अगर बिलास हमको उठाकर बस्ती नहीं ले आता। हम तो निकल के आ घर गए, सोचे पिटुआ पीछे से आ

जाएगा, लेकिन अभी तक नहीं आया। बहुत रास्ता देखने के बाद हम बस्ती का सब दरवाज़ा खटखटा लिए, लेकिन उ किसी के पास नहीं है, हमको डर है कहीं इन्दु के जैसा ...” इतना कह के वह फूट-फूट के रोने लगी। वह बहुत डरी हुई थी इसीलिए मैंने पूछा “इतना डरी क्यों हो, कुछ नहीं होगा जवान लड़का है कही दारू पी-पा के पड़ गया होगा... तुम तो ऐसे रो रही हो नानी कि दस साल का बच्चा गुम हो गया है,” मैंने ढाढ़स देते हुए कहा। बुढ़िया ने अचानक चुप्पी साध ली और मेरी तरफ़ देखने लगी तब धनिराम ने पूछा “क्या हुआ?” वह धनिया की तरफ़ मुड़ी और कहा “उसपर भूत प्रेत का साया है बड़ा बाबू!” यह सुनते ही हमारे रोंगटे खड़े हो गए।

क़रीब पंद्रह साल पहले, पिटुआ और गोपी, पहलवान के दड़बे से मुर्ग़ा चोरी कर रहे थे। गोपी भाग गया लेकिन पिटुआ को पहलवान ने देख लिया। पहलवान उसे पकड़ने के लिए उसके पीछे भागा लेकिन पिटुआ भागते हुए एक गड्ढे में गिर के बेहोश हो गया। पहलवान ने उसे बहुत ढूँढा पर पिटुआ कहीं नहीं दिखा। जब पिटुआ को होश आया तब शाम ढल चुकी थी, सारा बाज़ार बंद हो चुका था और चारों तरफ़ बस अंधेरा था। गड्ढे से निकलकर अभी पिटुआ एक दो कदम ही चला होगा कि उसके ऊपर खून के छींटे गिरे, मुंडी उठाकर उसने ऊपर देखा तो एक फड़फड़ाती हुई मुर्गी आकर उसके ऊपर गिरी। उस मुर्गी की गरदन उखड़ी हुई थी, मानो किसी ने मरोड़ कर उखाड़ दी हो। फिर उस बाज़ार की पतली-सी गली में, एक-एक करके कटी हुई मुर्गियाँ गिरने लगीं 'धप्प-धप्प–धप्प'। पिटुआ के पीछे से एक परछाई, उसकी ओर धीरे बढ़ी, लाल आँखें, खुले-बाल, कान में एक लाल फूल, लेकिन इससे पहले की वह उस तक पहुँचती मैं उसे ढूँढते हुए पहुँच चुकी थी। मेरे वहाँ पहुँचते ही वह परछाई पीछे हट गयी। इसलिए, बड़ा बाबू! आज इतनी मूसलाधार बारिश में भी, मैंने पूरी बस्ती के चक्कर लगाए, पिटुआ को ढूँढा, सबके घर गयी लेकिन पिटुआ का कहीं पता नहीं चला। हार के मुझे पुलिस स्टेशन आना पड़ा।

रात, अंधेरा, बारिश और बुढ़िया की बातों ने वातावरण में कुछ देर के लिए ख़ौफ़ भर दिया था। ऐसा लगने लगा कि यह सब मिलकर एक बड़ी मुसीबत के आने की चेतावनी दे रहे हों। लेकिन दिवाकर बाबू, जैसाकि मैंने थोड़ी देर पहले कहा था कि अगर हम मुसीबत का सामना करना सीख लें तो उसका भय समाप्त हो जाता है और जिस पल भय समाप्त होता है, हम उसके समाधान की तरफ़ बढ़ने लगते हैं। मैंने कहा "धनिराम इनकी रिपोर्ट लिख लो। आख़िरी बार आपने पिटुआ को स्टेशन में ही देखा था?," बुढ़िया ने हाँ में सर हिला कर जवाब दिया। "उसका कोई ख़ास दोस्त जिसके पास वह जा सकता है? या जिससे पूछताछ करने से कुछ पता चल सकता हो?," "गोपी! साहेब! उसी ने पिटुआ को बचपन से बहकाया था, उसी का संगत में उ बर्बाद हो गया। बड़ा मुश्किल से तो उसका साथ छूटा, कुछ महीना से गायब है, मर-खप गया की क्या, हमरा नाती को भी गायब कर दिया" बुढ़िया ने बिलखते हुए कहा। मैंने अपना छाता उसकी तरफ़ बढ़ाया "माता जी, आप चिंता मत करिए, यह लीजिए छाता और घर जाइए। हम ढूँढ के निकालेंगे ना! मिल जाएगा आपका नाती... क्या नाम बताया... हाँ! पिटुआ। जाइए! घर जाइए!"

बुढ़िया छाता ओढ़े थाने से चली गयी लेकिन गोपी नाम सुनते ही धनिराम के कान खड़े हो गए थे, यह तपाक से बोल पड़ा "जीजाजी, यह दोनों छोटे-मोटे चोर हैं, पहलवान के लिए काम करते हैं" और इतना बोल के वह कुछ सोचने लगा तो मैंने पूछा "क्या हुआ?," "छोटे-मोटे चोर हैं फिर?" मुझे पता नहीं क्यों धनिराम की चुप्पी अंदर ही अंदर जला रही थी, उसने थोड़ा रुक के बताया "छोटे-मोटे चोर हैं लेकिन जब से सुगंधा वाला हादसा हुआ तब से ही दोनों नज़र नहीं आए हैं। एक गायब हो गया और दूसरा पहलवान का अड्डा छोड़कर मजूरी करने लगा, और अब गायब भी हो गया? ई सब संयोग तो नहीं हो सकता ना मेहमान?," "ठीक है, कल देखते हैं, फ़िलहाल बारिश रुक गयी है, घर चलें? मैंने उस वक़्त धनिराम की किसी भी बात का कोई भी जवाब नहीं दिया और हम दोनों घर पहुचते ही, बिना कोई बात किए सो गए।"

"अगले दिन भी बारिश होती रही। दिन से शाम और शाम से रात, बारिश नहीं रुकी। उस रात मेरे साथ कुछ अजीब हुआ। बारिश की वजह से बिजली कटी हुई थी और हम पुलिस चौकी से घर निकालने ही वाले थे कि .. जो हुआ उसे बताते हुए आज भी मेरी रूह काँप जाती है, दिवाकर," "क्या हुआ था" दाँतों से नाख़ून कुतरते हुए मैंने पूछा। "साधुराम मेरे सामने खड़ा था, शराब के नशे में धुत्त, लड़खड़ाता हुआ, उन्हीं कपड़ों में जैसे आख़िरी दिन मिला था, "दरोगा जी, मेरी पत्नी का कुछ पता चला? ख़ून हुआ है सुगंधा का!," मुझे जाने क्या हुआ या शायद इस केस से मैं तंग आ चुका था। मुझे ग़ुस्सा आ गया, मैंने साधुराम पर बिगड़ते हुए कहा "अपना होश तो रहता नहीं है, एक औरत तो सँभली नहीं तुमसे.. तुमको कैसे पता कि ख़ून हुआ है? चले हो हमको ज्ञान देने? पियक्कड़ साला!!" साधुराम मेरे क़रीब आया और उसने मेरे कान में फुसफुसा कर कहा "सुगंधा ने बताया! यह देखिए!" सुगंधा वहीं बग़ल में खड़ी थी, कुरूप चेहरा, खुले बाल, कानों में अढ़ूल के फूल और और तेज़ी से मेरी तरफ़ झुकी। लेकिन तभी धनिराम ने मुझे चाय देते हुए उठाया, मैं अचानक चौंक उठा और देखा कि मैं थाने में बैठे-बैठे ऊँघ रहा था। एक बुरा सपना था। मुझे ऐसे सपने आज तक नहीं आए थे पर शायद रात भर मुझे ठीक से नींद नहीं आयी थी इसलिए।

मेरे मन में कई सवाल घूमते रहे, पिटुआ का क्या हुआ होगा? क्या सच में कोई भूत-प्रेत का चक्कर है? इसलिए सुबह हम थाने जल्दी आ गए। रात ठीक से ना सोने की वजह से सर में बहुत दर्द हो रहा था मैंने धनिराम से बढ़िया-सी चाय बनाने को कहा। "क्या हुआ मेहमान, आप कल से कुछ नहीं बोल रहे हैं, तबियत तो ठीक है ना आपका, लगता है इ साला पूरा क़स्बा में भूत पिशाच का बास हो गया है" धनिराम की आवाज़ में चिंता थी। मैंने कहा " देखो धनिया, मैं भूत- प्रेत – आत्मा इत्यादि बातों पर रत्ती भर भी भरोसा नहीं करता। पहले सुगंधा लापता हुई और घटना के कुछ घंटे पहले पिटुआ साधुराम की दुकान पर मौजूद था। उसके बाद इन्दु की मौत हुई वहाँ भी पिटुआ काम करता था, फिर भगदड़ मची और पिटुआ ग़ायब हो गया,

गोपी उसके पहले से ग़ायब है और गोपी पिट्टुआ का बचपन का साथी। दोनों एक साथ पहलवान के लिए चोरी किया करते थे। इन सारी बातों का एक ही निष्कर्ष निकलता है कि पिट्टुआ और गोपी का कुछ तो लेना देना है इन दोनों घटनाओं से।

हम गोपी और पिट्टुआ को पूरे गाँव में ढूँढने लगे। किसी को भी उनके बारे में कुछ भी पता नहीं था। आस-पास के क़स्बों में भी हमने खबर भिजवाई लेकिन वहाँ भी कुछ पता नहीं चला। धीरे-धीरे मुझे यक़ीन होता गया कि पिट्टुआ और गोपी का इन सबसे बहुत गहरा संबंध है। उधर 'होनी' मेरा संबंध यथार्थ से करवाना चाह रही थी। हम रोज़ गश्त के लिए निकलते, लोगों से पूछताछ करते, लेकिन एक छोटे से क़स्बे में, उन्हीं लोगों से दुबारा एक ही बात बार-बार पूछने में कोई भी समझदारी नहीं थी। गोपी और पिट्टुआ के बारे में किसी को कुछ भी ठीक से पता नहीं था। कोई कहता मर गया, कोई कहता पहलवान ने मार दिया, कोई कहता पिट्टुआ और गोपी दोनों क़स्बे से भाग गए, सभी अंदाज़ा ही लगा रहे थे। इसके बावजूद हम गश्त पर रोज़ निकलते थे और हर संभव जगह पर जाकर अपनी क़िस्मत आज़माते क्योंकि यही हमारा कर्म भी था और धर्म भी।

बारिश में भीगने की वजह से, धनिराम की तबियत ख़राब हो गयी। जीप में बैठे-बैठे वह छींके ही जा रहा था, मैंने उससे कहा "धनिया आज तुम घर जाकर आराम करो, तबियत ज़्यादा ख़राब हो गयी तो आगे जब तुम्हारी ज़रूरत पड़ेगी तब तुम काम नहीं कर पाओगे। वैसे भी मिलना तो कुछ भी नहीं है, एक चक्कर लगा के मैं भी घर आ जाऊँगा।" मैंने धनिराम को घर पहुँचा दिया और ख़ुद गश्त पर चला गया। धनिराम को घर पहुँचा कर अभी मैं थोड़ी ही दूर आया था कि मुझे बोरियत महसूस होने लगी, मैंने रेडियो ऑन कर दिया, गाना आ रहा 'ना जा मेरे हम दम... लता जी का गाया हुआ," जीजाजी ने अपनी पुरानी रेडियो की तरफ़ इशारा करते हुए कहा। बाज़ार से होते हुए अस्पताल, अस्पताल से काली मंदिर, मंदिर से बड़े नाले को पार किया ही था कि रेडियो घरघराने लगा और अचानक फ्रीक्वेंसी बदल

के "बाबूजी धीरे चलना ..." बजने लगा, मैंने रेडियो बंद कर दिया। फिर कुछ ऐसा हुआ जिसे देखकर मैंने अपनी जीप रोक ली। सामने एक औरत, कानों में लाल फूल, डील-डौल बिल्कुल सुगंधा जैसा, वह सुगंधा जैसी लग तो रही थी लेकिन मैं यह स्पष्टता से नहीं कह सकता था कि वह सुगंधा ही है। वह बड़े नाले के दूसरी तरफ़ टहलते हुए आगे बढ़ गयी। नाले को पार करके मैं उस औरत के पीछे चल पड़ा। मैं जितनी तेज़ी से जीप चलाता वह उतनी ही दूर चली जाती, थोड़ी दूर जाकर वह पता नहीं कहाँ ग़ायब हो गयी, लेकिन उसकी गुनगुनाने की आवाज़ रह-रहकर आती और अंदाज़ा लगाते हुए मैं उस आवाज़ के पीछे चलता रहा।

शाम ढल चुकी थी और अंधेरा भी हो रहा था। पीछा करते-करते मैं स्टेशन के पास वाले रेल यार्ड पर कब पहुँच गया इसका मुझे ध्यान ही नहीं रहा। जीप रोड नंबर उन्यासी पर खड़ी थी और मेरे सामने था रेल खण्डहर। बंद रेडियो अपने आप बजने लगा 'बाबूजी धीरे चलना ....' और इसी गाने को कोई यार्ड में भी गुनगुना रहा था, मैं जीप से उतरकर उस आवाज़ के पीछे चल पड़ा। वहाँ मैंने जो भी देखा वह मेरी समझ से परे था दिवाकर। गोपी एक पुराने इंजन के सामने खड़ा होकर यही गुनगुना रहा था। दिखने में विक्षिप्त, आँखों के चारों तरफ़ काले गढ्ढे, उसे देखते ही मैं उसकी तरफ़ यह सोचकर बढ़ा कि 'गोपी ज़रूर पिटुआ या तो सुगंधा से बात कर रहा होगा' लेकिन जितनी तेज़ी से मैं उसकी तरफ़ गया था उतने ही झटके से रुक गया, वह अकेले खड़ा बड़बड़ा रहा था, उसके अलावा वहाँ दूसरा कोई भी नहीं था। मुर्दा सड़ने की बास आ रही थी। मैं तुरंत पीछे हट गया लेकिन मुझ पर नज़र पड़ते ही गोपी मेरी तरफ़ बढ़ने लगा। वह कुछ बोलने की कोशिश कर रहा था पर उसके मुँह से आवाज़ निकल नहीं पा रही थी, उसकी गले की नसें फूल रही थीं जैसे कोई उसे भीतर से निचोड़ रहा था। इससे पहले कि मैं कुछ भी समझ पाता या उसकी मदद कर पाता, गोपी ने एक छलांग लगाई और यार्ड की दीवार पर चढ़ गया। उसकी वह छलांग इंसानी बिल्कुल नहीं थी। वह किसी चीज़ से बहुत डरा हुआ था। लेकिन किससे? वहाँ तो और कोई था

ही नहीं? और उसकी ऐसी हालत कैसे हो गयी? फिर अचानक वह दीवार से नीचे कूद गया। ज़मीन से टकरा कर उसके मुँह से ख़ून का फव्वारा निकालने लगा, लोहे की छड़ें उसके शरीर में घुस गयी थीं।

चारों तरफ़ सन्नाटा, काला घुप्प अंधेरा और सामने असामान्य परिस्थिति में गोपी की अकड़ी हुई लाश। मेरा सर चक्कर खाने लगा, गला सूख गया, पसीने से शरीर भीग गया। मैं सीधा बस्ती की तरफ़ भागा। भागते-भागते मेरी आँखों के आगे अंधेरा छाने लगा और उसके बाद जब मैंने आँखें खोली तो ख़ुद को अस्पताल में पाया। धनिराम मेरे बिस्तर के पास था," "बस्ती के बाहर बेहोश मिले थे मेहमान! उ तो भला हो पगलवा का जो 'काएँ-काएँ' करके सबको बोला दिया, नै तो आप तो भीतरामपुर चले गए थे। क्या ज़रूरत था आपको अकेले धरमेंदर बनने का? आएँ?" तब धनिराम ने मुझसे कहा लेकिन मैं गोपी के बारे में ही सोच रहा था,"गोपी मिल गया धनिया ... उसकी लाश रेल यार्ड में ... मेरे सामने ऊपर से कूद कर उसने जान दे दी... पता नहीं मैं कैसे वहाँ तक चला गया। धनिराम कभी-कभी मुझे लगता है कि तुम सही कहते हो... पता नहीं मैं सही हूँ या ग़लत, मैंने शायद सुगंधा को देखा और उसी का पीछा करते-करते मैं यार्ड तक जा पहुँचा और फिर गोपी ... समझ नहीं आया, वह कुछ कहना चाह रहा था, वह रोते-रोते कुछ कहना चाह रहा था, मानो अपने प्राणों की भीख माँग रहा हो! लेकिन किससे? वहाँ मेरे और उसके अलावा तो और कोई भी नहीं था, वह बहुत डरा हुआ था.. और देखो ना इन सबके चक्कर में मैं उस औरत के बारे में भूल ही गया फिर ताज्जुब यह कि वहाँ कोई भी औरत नहीं थी," "आपको उधर नहीं जाना चाहिए था, कितना समझाते हैं आपको, बात समझते ही नहीं आप" धनिराम ने अपना हक़ जमाते हुए मुझे डाँटकर कहा तो मैं चिढ़ गया, "पुलिस का नौकरी छोड़ दूँ? आएँ! बोलो? फ़ालतू का ज्ञान दे रहा है हमको, यह नहीं कि कोई समाधान खोजें ई सबका। थाना से किसी को भेजो और लाश की सारी औपचारिकताओं को पूरा करो" धनिराम चला गया।

अगले दिन सुबह रामखेलावन घर पे आया तो उसने बताया कि रेल यार्ड में कहीं भी किसी की लाश नहीं मिली। "ऐसा नहीं हो सकता है, मैंने अपनी आखों से गोपी को मरते हुए देखा है, या तो किसी से डर के उसने आत्महत्या कर ली या तो वह मानसिक रूप से बीमार हो गया था। जीप निकालो! लाश ना सही खून के धब्बे तो मिलेंगे ही। चलो देखकर आते हैं," मैं और धनिराम गोपी के मौत की छानबीन करने रेल खण्डहर की तरफ़ चल पड़े।

सुबह की लालिमा आसमान में बिखर गयी थी। कहानी सुनाते-सुनाते कैसे रात से सुबह हो गयी और हमें पता ही नहीं चला। जीजाजी की आँखें पथरा गयीं थी, वह भूतकाल में पूरी तरह से खो गए थे और दीदी कब का अंदर जाकर सो गयी थीं, उन्हें शायद नींद आ गयी होगी। मगर मेरी आँखों में अगर कोई उस वक़्त देखता तो शायद उसे नींद की जगह रेल खण्डहर दिखता और जब से मैंने आम का बगीचा और रेल यार्ड देखा था तब से मुझे रेल खण्डहर के नाम से ही सनसनी हो जाती। जीजाजी ने तो वहाँ एक इंसान को मरते हुए देखा था, उनकी क्या हालत रही होगी यह मैं समझ सकता था, मैंने कहा "पुलिस की नौकरी के लिए भी कितनी हिम्मत चाहिए होती है ना!," "हाँ! ज़्यादातर ज़िद्दी लोग ही पुलिस में होते हैं, जो नहीं होते उन्हें ज़िद्दी बनना पड़ता है," जीजाजी ने कहा। "...और इनसे ज़िद्दी कोई है दुनिया में? सोये नहीं अभी तक आप लोग, दिवाकर बाबू को भी अपने जैसन ज़िद्दी बना दिए?" पीछे से दीदी ने जम्हाई लेते हुई कहा और जीजाजी के पास एक लोटा पानी रखकर वापस अंदर चली गयीं।

जीजाजी ने लोटे में रखे पानी से मुँह धोया, कुल्ला किया और गमछे से हाथ पोंछकर एक सिगरेट जलाई, "यह आज की पहली है, दिन में दो से ज़्यादा नहीं पीना है ना" मुस्कुरा कर उन्होंने डिब्बी मेरी तरफ़ बढ़ा दी। मैंने भी एक सिगरेट जलाई और कहा "पहले सुगंधा ग़ायब हो गयी, फिर पिटुआ ग़ायब हुआ, अब गोपी की लाश ग़ायब? आख़िर यह मामला क्या था, ज़िंदा- मुर्दा सभी लोग ग़ायब क्यों हो रहे थे इस खण्डहर में?," "इसी बात पर तो मेहमान हमको मारे थे" धनिराम दादा ने कंबल से मुँह निकलते हुए कहा।

जीजाजी ने आगे बताया "जब हम घटना स्थल पर पहुँचे, वहाँ गोपी के ख़ून के छींटे दीवार पर और ज़मीन पर पड़े थे लेकिन गोपी का कोई भी अता-पता नहीं था," "ऐसे कैसे ग़ायब हो सकता है भाई, चल क्या रहा है?" मैंने परेशान होकर कहा। "मेहमान! अब यहाँ आने का कोई फ़ायदा नहीं है, गाँव वाला सब ठीक कहता है, ई साला भूत-प्रेत बाधा है यहाँ पर.." धनिराम कहते-कहते चुप हो गया जब मैंने उसके गाल पर ज़ोर का एक तमाचा जड़ दिया था, मैंने डाँटते हुए कहा "कल रात से दिमाग़ ख़राब कर दिया है धनिया, फ़ालतू में ज्ञान मत दो। तुम्हारी फ़ालतू की बातों से मेरा विवेक मरने लगा है, इसलिए चुप रहा करो तुम! कोई भूत प्रेत बाधा नहीं है, गोपी को एक मनोवैज्ञानिक बाधा थी और हो ना हो शायद पिटुआ इसी का फ़ायदा उठा के इस खण्डहर में छिपा हुआ है, और इसी खण्डहर में सुगंधा का रहस्य भी छिपा हुआ है," धनिराम ने कहा "नहीं मेहमान! आप पूरा तरह से सही नहीं हैं, आप ऐसा सोचते हैं काहे की आपको भूत प्रेत पर विश्वास नहीं है। भूत-प्रेत तो होता ही है.. हमारे बाउजी कहते थे। आत्मा-परमात्मा, भगवान और शैतान, सब होता है। बस इनको हम देख नहीं पाते हैं..ई खण्डार में बहुत लोग हेरा गया है।" मेरा क्रोध सातवें आसमान पर चला गया था और धनिराम बोलता ही चला जा रहा था, मैंने गुस्से में उसे धक्का दे दिया, धक्का ज़ोर से लगा और धनिया गिर गया। उसका सर पत्थर से टकराया और चोट लग गगी। मैंने उसे उठाया, लेकिन यह धनिराम का बड़प्पन था कि उसने मुझे पलट कर जवाब नहीं दिया। चोट ज़्यादा नहीं थी लेकिन थोड़ा-सा ख़ून निकल आया। मैंने जीप में रखी मेडिकल किट से डिटॉल निकालकर पट्टी कर दी। मुझे अपने किए पर शर्मिंदगी हो रही थी।

यहाँ मैं मानने से पहले जानने की तरफ़ बढ़ रहा था। माहौल में गंभीरता आ गयी थी। धनिराम ने मुझे समझाते हुए कहा "बाउजी कहते थे, जब भी कोई नकारात्मक ऊर्जा जैसे की भूत प्रेत किसी पर हावी होता है तो सबसे पहले उसको क्रोध ही आता है, काम-क्रोध–हिंसा," पट्टी करने के बाद मैंने कहा "ठीक है, सॉरी!! दीदी को मत बोलना। नहीं टोकेंगे अब, बोलो क्या

बोल रहे थे?," "डॉक्टर भी तो यहीं ग़ायब हुआ था ना, पता ही है आपको, अब सारा सबूत आपके सामने है, मिला लीजिए" धनिराम ने कराहते हुए कहा। मैंने उसे गले से लगाकर माफी माँग ली, क्योंकि समय रहते अपनी ग़लती मानकर माफी माँग लेनी चाहिए दिवाकर बाबू! अपनों के साथ कैसी नाराज़गी?"

"यह लीजिए ब्रश, नाश्ता बना रहे हैं, पहले झाड़ा फिर के मुँह धो लीजिए फिर कहानी सुनाते रहिएगा" दीदी ने ब्रश में पेस्ट लगाकर जीजाजी को पकड़ा दिया और एक अच्छे बच्चे क़ी तरह जीजाजी चुपचाप अंदर चले गए। नहा धो के धनिराम दादा एक चने की पोटली लिए मेरे पास आकर बैठ गए। मैंने उनसे भी वही सवाल किया "यह डॉक्टर अरुण भी यहीं ग़ायब हुआ था क्या? उसके बारे में बताइए ना।" धनिराम दादा ने गहरी साँस ली और कहा "हुआ यह था कि रात को अस्पताल से डॉक्टर घर के लिए निकल रहा था। डॉक्टर पिया हुआ था। नशे में वह अस्पताल के बाहर आया तो उसने देखा कि एक जवान लड़की, अस्पताल के बाहर, बेंच पर लेटी हुई है। उसके साथ कोई भी नहीं था, वह अकेली थी। डॉक्टर ने लड़की को जगाया "कौन हो? यहाँ क्या कर रही हो?," उसने नींद तोड़ते हुए कहा "इलाज के लिए आयी थी लेकिन चक्कर आ गया तो यहाँ बैठ गयी, फिर पता नहीं कब नींद आ गयी और जाने कब रात हो गयी," "चलो मैं दवाई दे देता हूँ, तुम्हारे साथ कोई भी नहीं है?" डॉक्टर ने बड़ी संजीदगी से पूछा और उसे लेकर अस्पताल के अंदर चला गया। कमरे में लाकर, डॉक्टर ने उसकी जाँच करने के लिए उसे स्ट्रेचर पर लेटने का इशारा किया और दराज़ से एक सुई में दवाई भरने लगा। दवाई भरते-भरते वह उसके जिस्म को निहारने लगा, लड़की सुंदर और कम उम्र की थी। सुई लगाते ही वह लड़की गहरी नींद में चली गयी और धीरे-धीरे डॉक्टर ने उसके कपड़े उतार दिए। फिर उसने अपनी क़मीज़ और पतलून उतारी। पतलून उतार कर जैसे ही उसने स्ट्रेचर पर देखा तो वहाँ कोई भी नहीं था।

वह लड़की कमरे के कोने में खड़ी थी, बिना कपड़ों के, और ऐसे हिल रही थी जैसे गणित का पहाड़ा पढ़ रही हो। डॉक्टर नशे की हालत में बड़बड़ाते हुए उसकी तरफ़ बढ़ने लगा और सुई लगाने के लिए जैसे ही हाथ उठाया, उस लड़की ने पलटकर उसका हाथ मरोड़ दिया और ज़ोर-ज़ोर से हँसते हुए कहा "कौशल्या के साथ ऐसे ही किया था ना।" डॉक्टर घबराकर कमरे से बाहर भागा, बाहर वार्ड में भी वही लड़की खड़ी थी। वह उसकी तरफ़ तेज़ी से नाचती हुई आयी। डॉक्टर सीढ़ियों की तरफ़ भागा। जैसे ही वह सीढ़ी चढ़ के पहले माले पर पहुँचा तो उसने देखा कि वही लड़की फिर से उसके सामने खड़ी है। वह फिर से सीढ़ियों से ऊपर भागा। जैसे ही वह दूसरे माले पर पहुँचा, तो उसने देखा कि वह अभी भी पहले माले पर ही था और सामने कौशल्या खड़ी थी। वह बार-बार सीढ़ियाँ चढ़ता और पहले माले तक ही पहुँच पाता। वह पसीने में तर-बतर हो गया और उसका गला सूखने लगा। परेशान होकर वह उसी माले पर भागने लगा। कहाँ तक भागता, ज़मीन ख़त्म हो गयी थी, थक गया और रेंगने लगा।

"मुझे माफ़ कर दे कौशी, मुझसे ग़लती हो गयी, छोड़ दो मुझे" डॉक्टर कौशल्या की आत्मा के सामने गिड़गिड़ाता रहा लेकिन किए की सज़ा तो मिल के ही रहती है। कौशल्या ने विकराल रूप धर लिया था, खुले बाल, लाल आखें, कान में लाल फूल। उसकी हँसी से अस्पताल गूँज उठा "हा हा हा हा!!! .....चल छोड़ देती हूँ, मैं तुझे मारूँगी नहीं लेकिन तू कभी भी बोल नहीं सकेगा, चाह के भी पश्चयताप नहीं कर सकेगा, बस एक हड्डी का ढाँचा बन के रहेगा। ना ही कोई तुझे पहचानेगा और ना ही तुझे कभी मौत ही नसीब होगी" कहकर ग़ायब हो गयी । डॉक्टर को एक दरवाज़ा दिखा। जैसे ही उसने दरवाज़ा खोला तो देखा की वह रेल खण्डहर की छत के कोने में खड़ा है और लड़खड़ाते हुए सीधा ज़मीन पर आ गिरा। उसकी रीढ़ की हड्डी टूट गयी और फिर उसे किसी ने भी नहीं देखा।

"अरे बाप रे! यह तो एकदम भयानक था, धनिया भईया! लेकिन इस कहानी में न्याय हुआ! सही कहा गया है कि अपने किए का सारा कच्चा चिट्ठा

यहीं रफ़ा दफ़ा करके जाता है इंसान! एक इंसान को हमेशा अपनी वासना को अपने विवेक से नियंत्रण में रखना चाहिए! वासना तो हिस्सा है शरीर का लेकिन हर चीज़ की मर्यादा होती है। इसलिए वासना से बढ़कर विवेक है," "अरे दिवाकर बाबू आप तो एक दम मेहमान जैसा बात करने लगे। बहुत अच्छे..!" "सीख रहे हैं दादा! लेकिन दादा एक बात बताइए, जीजाजी जैसा एकदम तर्कसंगत व्यक्ति आख़िर इतना कैसे बदल गया। कहाँ रेशनालिटी और कहाँ सुपरनेचुरल बेलीफ़्स।" "इन सब चीज़ों को बस महसूस किया जाता है दिवाकर, जैसे भूत-प्रेत, आत्माएँ इत्यादि और इसमें कितना वक़्त लगेगा ये कोई नहीं जानता। मेहमान कहते हैं ना 'सच बाहर आने में अपना पूरा समय लेता है' ठीक वैसे ही" दादा ने अभी अपनी बात ख़त्म ही की थी कि तभी दीदी ने अंदर से आवाज़ लगाई "धनी भईया ... जो नहीं नहाएगा उसको खाना नहीं मिलेगा।" दादा ने मेरी तरफ़ संदेह से देखा और कहा "अच्छा दिवाकर तुम जब से आए हो नहाए नहीं हो ना जी .. छी छी। सुने की नै! दीदी खाना भी नै देगी अगर ई पता चल गया तो, तनी फुर्ती दिखाइए महाराज!" मैं और दादा बात करते-करते घर के अंदर चले गए, और अब मेरी नहाने की बारी थी।

मैं क़ातिल नहीं

कुछ चीज़ों को देखा नहीं जा सकता बस महसूस किया जा सकता है। जैसे हवा या फिर भावनाएँ, यह दिखती नहीं है लेकिन होती ज़रूर हैं, क्योंकि हम इनको महसूस कर सकते हैं, बेधड़क। यही सोचता हुआ, ग़ुसलखा़ने में बैठा, मैं भरी हुई बाल्टी और उसमें रखे हुए गरम पानी से उठती भाप को देखने लगा। फिर हिम्मत करके मैंने कपड़े उतारे और ठंड से दो-दो हाथ करने मैदान में उतर गया। 'दिवाकर! हम अगर मुसीबत का सामना करना सीख लें तो उसका भय समाप्त हो जाता है और जिस पल भय समाप्त होता है, हम उसके समाधान की तरफ़ बढ़ने लगते हैं' जीजाजी की यह बात मेरे दिमाग़ में गूँज रही थी जिससे प्रोत्साहित होकर मैंने भी समाधान की तरफ़ बढ़ने की कोशिश की और अपना दाहिना हाथ बाल्टी में डाल दिया। गरम-गरम पानी की उष्मा ने मेरे हाथ को तो गर्माहट पहुँचाई ही, मुझमें नहाने की हिम्मत भी आ गयी। मैं मग्गा भर-भर के गरम पानी अपने ऊपर उड़ेलने लगा। सच में, जीजाजी की बात सच थी अगर हम सामने खड़ी मुसीबत का सामना करने की ठान लें तो उसी समय हम उसके समाधान की तरफ़ बढ़ने लगते हैं' और इस तरह से मैंने स्नान संपन्न किया।

एक जीत का एहसास लिए मैं गुसलखाने से बाहर निकला ही था कि देखा जीजाजी और दादा खाने-नाश्ते के लिए चौकी पर बैठ चुके थे और गुड़िया उन दोनों से टुपुर-टुपुर बातें कर रही थी। मैं गुड़िया के पास वाली कुर्सी पर बैठ गया। आज हम बहुत तमीज़ से खाना खा रहे थे, दीदी घर पे थी ना। दीदी ने ढेर सारा खाना बनाया था जैसे कि कोई दावत हो। गोभी की सब्ज़ी, छोले, पनीर, बैंगन भाजा, भात और कचौड़ियाँ। "आज कुछ है क्या दीदी, इतना सारा खाना, आज तो दावत ही हो गयी हमारी, वाह!" मेरे मुँह में पानी आ गया, "आज तुम्हारे धनिया दादा का जन्म दिन है" जीजाजी ने कहा। धनिया भईया मेरा मुँह देखने लगे। उनके चेहरे पर कोई भी भाव नहीं था। उन्होंने बिना झिझके मुझसे कहा "दूसरा जन्म! मेरा जन्मदिन एक साल में दो बार आता है दिवाकर बाबू!" मेरी समझ में कुछ नहीं आ रहा था "समझे नहीं दादा! चार साल में एक बार तो सुना है लेकिन एक साल में दो बार जन्मदिन कैसे आ सकता है?" "आ सकता है! जब कोई मौत को छूकर वापस आता है, तो उसे दूसरा जन्म ही कहा जाता है," जीजाजी ने पहला निवाला बनाकर एक पत्तल में रखा और कुछ बुदबुदाकर प्रणाम कर लिया।

दीदी, जीजाजी, धनिराम भईया, गुड़िया और मैंने बहुत-सी बातें कीं और खूब मज़े से खाना खाया। खाना बहुत ही स्वादिष्ट था। खाना खाने के बाद गुड़िया और दीदी अपने कमरे में चले गए। जीजाजी ने अपना कोट पहना और कहा "चलो तुमको कुछ दिखाते हैं" धनिराम भईया को इशारा किया और हम चल पड़े। "कहाँ जा रहे है हम आज," मैं उत्साहित भी था कि कुछ नया पता चलेगा आज और डर भी था कि कहीं आम के बगीचे जैसी कोई जगह ना निकले। थोड़ी देर के बाद हम एक स्कूल के सामने जा पहुँचे। गाँव के बच्चों का स्कूल, छोटे-छोटे प्यारे बच्चे। कुछ क्लास में थे और कुछ बाहर मैदान में खेल रहे थे। स्कूल में घुसते ही सभी जीजाजी के आदर सत्कार में लग गए। सारे बच्चों ने जीजाजी को प्रणाम किया जिसे देख के पता नहीं क्यों मेरा हृदय हर्ष से भर गया।

हमारे लिए तीन कुर्सियाँ लगाई गयीं धूप में। गाँव की ताज़ा हवा, पत्तों से छनती हुई धूप, बच्चों की किलकारियाँ, जीजाजी, दादा और मैं, वाह! मैंने कहा "जीजाजी! मन आह्लादित हो उठा, वाह! अगर यह मेरा आख़िरी जीवन भी हो तो भी मुझे कोई पछतावा नहीं होगा। इस गाँव में रहकर लगता है की अब और कहीं जाने की ज़रूरत नहीं है, जन्म सफल" यह बात मैंने खुश होकर एक काव्यात्मक अभिव्यक्ति के रूप में कही थी, लेकिन जीजाजी ने मेरी बात को काटते हुए कहा "दिवाकर बाबू! जन्म और मृत्यु, दोनों को ही समझना या समझने का प्रयास करना मूर्खता है। हमारा जीवन एक रास्ता है और जन्म- मृत्यु दो पड़ाव हैं। हर रास्ता जन्म से शुरू होकर मृत्यु की तरफ़ जाता है और जहाँ तक सफल और असफल की बात है वह हमारे कर्म के हिसाब से तय होता है कि जन्म से मृत्यु के सफ़र में हमने क्या किया है," "जीजाजी! यह दादा के दूसरे जन्म वाली बात समझ नहीं आयी मुझे?," "दिवाकर बाबू! कभी-कभी हम एक पड़ाव पर ग़लती से कुछ ज़्यादा देर रुक जाते हैं जहाँ हमारा असल में रुकना नहीं होता है। ऐसे पड़ाव से 'होनी' हमें अपने आप निकाल देती है और जो हमारे हाथ लगता है वह हमारा अनुभव बन जाता है और जब तक मृत्यु नहीं आती, मतलब आख़िरी पड़ाव नहीं आया, जीवन का सफ़र अभी और बचा है।"

"हुआ यह था कि झगड़ा होने के तुरंत बाद ही, मेरा और धनिराम का भरत मिलाप भी हो गया और वह भूत-प्रेत, डॉक्टर अरुण इत्यादि की बातें करने लगा। हमेशा की तरह मैंने सिगरेट जलाई और धनिराम को सुनते हुए मैंने जैसे ही सिगरेट का धुआँ छोड़ने के लिए सर ऊपर किया तो मुझे पिटुआ की एक झलक दिखी। पिटुआ रेल खण्डहर की छत से झाँक रहा था। मेरी आँखें चमक उठी और मैंने ताल ठोक कर कहा "देखा! पिटुआ को देखा, उस दीवार के पीछे से झाँक रहा था।" मैं पिस्तौल निकाल के रेल खण्डहर की तरफ़ लपका लेकिन धनिराम ने दौड़कर मेरा हाथ पकड़ लिया। धनिराम की आँखों में चेतावनी थी "मेहमान! पता नहीं इसके अंदर क्या है.. कुछ तो सच्चाई है गाँव वाला सबका बात में.. यह जगह बहुत मनहूस है, मत जाइए।

जिस जगह के बारे में बात तक करना अपसगुन है आप उसके अंदर जा रहें हैं? वह पिटुआ नहीं है, धोखा है। मेहमान सूरज ढलने ही वाला है कहीं कुछ ग़लत ना हो जाए".... लेकिन मैं अब कहाँ रुकने वाला था, "और इसी बात का फ़ायदा चोर उचक्के उठाते हैं धनिराम.. पिटुआ जैसे लोग, गोपी की लाश भी उसी ने छिपाई होगी। सुगंधा का सच भी इसी के अंदर है। एक जीती जागती मासूम औरत को लापता कर दिया गया या जान से मार दिया गया। इसकी ज़िम्मेदारी कौन लेगा धनिया? हर घटना की रेखा पिटुआ के पास आकर रुक रही है और अब जब वह मेरे सामने है तो उसको कैसे छोड़ सकते हैं मिस्टर धनिराम। मैंने तुम्हारी कहानी सुनी! तुम्हारी कहानी अच्छी है, लेकिन कहानी का क्या है? कहानी तो फिर से लिखी जा सकती है कि 'सुगंधा का खूनी पकड़ा गया जो रेल लोकोमोटिव में कई महीने से छिपा हुआ था' तुमको नहीं आना है मत आओ कोई ज़ोर ज़बदस्ती नहीं है, अगर हमको कुछ भी हुआ तो उसका ज़िम्मेदार ..हम ख़ुद होंगे" मैंने उसका हाथ झटकते हुए कहा।

जीजाजी चुप हो गए और दादा की तरफ़ देखने लगे। दादा ने बड़ी संजीदगी से उनके हाथ पर अपना हाथ रख दिया। मेरे सामने जैसे दो दोस्तों की दास्तान वाली कोई फ़िल्म चल रही थी और दोनों भाव विभोर होकर चुप हो गए। लेकिन मुझे आगे की कहानी जानने की जल्दी थी, मैंने दादा के कंधे को हिलाकर पूछा "फिर आगे?," "फिर क्या! मेहमान को कोई भी रोक सका है भला! यह नहीं रुकने वाले थे, इसलिए हम भी इनके साथ रेल खण्डहर के गेट के अंदर घुस गए" धनिराम दादा ने गहरी साँस भरते हुए कहा। उनकी आवाज़ भारी हो गयी। जीजाजी ने आँखें बंद कर ली थीं। माहौल में संज़ीदगी छा गयी ।

"खण्डहर की दीवार पर धूल की मोटी परत जमी हुई थी, गेट ऐसा जम गया था कि समझ नहीं आ रहा था कि खुलेगा किस तरफ़ से। टटोलते टटोलते गेट पर जमी मिट्टी को साफ़ किया तो देखा कि दरवाज़े पर मोटी ज़ंग की परत जम गयी थी," जीजा बंद आँखों में ही बोलते चले गए, "दरवाज़ा

बहुत सख़्त हो चुका था, हम दोनों ने जब पूरी ताक़त लगाकर खींचा तब कहीं जाकर वह ज़ंगालूद दरवाज़ा खुला। अंदर जाते ही हमारे सामने क़रीब सौ साल पुरानी लाल सुर्ख़ी मिट्टी से बनी हुई रेल खण्डहर की दीवारें थी जो अब वक़्त के साथ-साथ काली हो चुकी थीं। इन काली दीवारों की ईंटें, कहीं-कहीं से टूटी और दरारों से भरी हुईं थीं जिन्हें देखकर लग रहा था कि यह बहुत कुछ कहना चाह रहीं हैं लेकिन शायद वक़्त ने इन्हें बेज़ुबान कर दिया था, वे बस ख़ामोश खड़ी हमें घूर रही थीं और हम उन्हें।

उन दीवारों के बीच खण्डहर के अंदर जाने के लिए एक पतला-सा रास्ता खुल रहा था। मैं उसके अंदर घुस गया और पीछे-पीछे धनिराम। उस रास्ते के अंदर एक लंबा-सा गलियारा था, धूल मिट्टी से भरा हुआ और पुराने लोहे के छोटे बड़े टुकड़े। दीवारों पर चारों तरफ़ मकड़े और मकड़े के जाले लटके हुए थे। जगह कम होने के कारण हम दोनों एक दूसरे से चिपक के चल रहे थे। अब तक हो चुके हादसों के कारण का कोई भी ठोस सबूत नहीं था मेरे पास। मैं अब तक बस अनुमान ही लगा पा रहा था। खण्डहर के अंदर बहुत कम रौशनी थी, लेकिन इतनी थी कि मैं धनिराम का चेहरा देख पाऊँ और इसके आगे बस घुप्प अंधेरा। हम उस खौफ़नाक खण्डहर के अन्दर जा पहुँचे थे जिसके बारे में लोग सोचने से भी डरते थे।

मैंने और धनिराम ने एक दूसरे को देखा, एक माचिस की तीली जलाई तो देखा कि गलियारे की दीवारें आग में झुलस कर काली हो गयी थीं। हम उस संकरे गलियारे में बिना कुछ बोले आहिस्ता कदमों से आगे बढ़ने लगे। हमें हमारे ही कदमों की आवाज़ बिल्कुल साफ़ सुनाई दे रही थी। कभी-कभी अपने ही क़दमों की आहट ऐसी लगती जैसे हमारे पीछे कोई और भी चल रहा था। हम दो कदम चलते और जब पीछे मुड़कर देखते तो कोई भी नहीं होता था। मैंने धनिराम को अपने कदम आहिस्ता-आहिस्ता रखने का इशारा किया, क्योंकि यह बहुत पैर घसीटकर चलता है। मैं एक माचिस की तीली जलता और हम तीन चार कदम चलते, माचिस बुझ जाती। फिर मैं एक और तीली जलता।

जैसे-जैसे हम खण्डहर के भीतर बढ़ने लगे, एक अजीब-सी घुटन बढ़ती गयी। यह लंबा गलियारा ख़त्म होने का नाम ही नहीं ले रहा था। मकड़े के मोटे जाले कॉटन के परदों के जैसे दीवार से टंगे हुए लगते थे। चलते हुए धनिराम ने ग़लती से उन परदों पर हाथ रख दिया। उसके हाथ रखते ही सारे मकड़े बिलबिला कर तितर-बितर होने लगे। वह मकड़ों का जाला नहीं बल्कि मकड़ियों की पूरी की पूरी सेना थी। धनिराम रुक गया, मैंने धीरे से कहा " रुक काहे गए? आगे चलो!" धनिराम कठपुतली की तरह, रोनी सूरत बनाकर वहीं खड़ा मुझे देखता रहा लेकिन वहाँ से एक इंच भी नहीं हिला। मैंने धनिराम से कहा "थोड़ा बहादुर बनो भाई। नहीं तो लोग डरपोक हवलदार कहेंगे" और वह फिर से कोई गड़बड़ ना कर दे या पीछे से वापस ना चला जाए इसलिए मैंने उससे प्यार से कहा "धनिया! तुम आगे चलो हम तुम्हारे पीछे ही हैं!" धनिराम आगे आ गया।

अब वह गलियारा आगे से बाएँ मुड़ रहा था, धनिराम के कदम फिर से रुक गए, मैंने इस बार थोड़ी सख़्ती से कहा "आगे बढ़ो! इट्स ऐन ऑर्डर!," धनिराम ने जवाब दिया "आप बहादुर पुलिस ऑफिसर हैं ना मेहमान! इतना बहुत है। हम डरपोक हवलदार, डरपोक ही रहने दीजिए, हम आपके पीछे ही सही हैं।" मैं धनिराम के आगे आ गया। धनिराम ने फिर से पैरों को घसीटा तो मुझे बहुत ग़ुस्सा आ गया। मैं पीछे मुड़ा और जैसे ही मैंने एक तीली जलाई तो देखा कि धनिराम दीवार से चिपका, डरा सहमा-सा खड़ा था और आँखें बड़ी करके दीवार के ऊपर, छत की तरफ़ देख रहा था। मैंने माचिस की तीली को छत की तरफ़ किया। देखा एक साँवली औरत, लाल जोड़े में, छिपकली की तरह छत से चिपकी हुई थी। लंबे कान, ख़ूनी काली आँखें, कानों में एक बड़ा-सा लाल फूल, मुँह फाड़ के हँस रही थी। माचिस बुझ गयी। इससे पहले, उस अँधेरे में, हम सच्चाई और भ्रम में फ़र्क़ कर पाते, छत पर "थप, थप, थप" चलने की आवाज़ हुई, बिना कुछ सोचे हम दोनों तेज़ी से दौड़कर गलियारे के बाहर कूद गए और रेल लोकोमोटिव के अंदर वाले कम्पाउंड में आ गए। सूरज कब का डूब चुका था लेकिन चाँदनी में रेल लोकोमोटिव के

खण्डहर का एक-एक कोना चमक रहा था। मैंने घड़ी देखी तो रात के साढ़े बारह बज चुके थे। मुझे याद आया कि बड़े नाले के पास साधुराम के साथ भी तो यही हुआ था, दोपहर से रात की भ्रांति। मुझे अपनी आँखों पर भरोसा नहीं हो रहा था। इतनी जल्दी रात कैसे हो गयी? क्या मैंने कोई भूत देखा था? मेरी आँखों में कई सवाल थे। मैंने धनिराम की तरफ़ देखा लेकिन धनिराम के चेहरे पर एक भी जवाब नहीं था। धनिराम हनुमान चालीसा पढ़ने लगा और मैंने भी वही किया। मेरा भूत प्रेत के प्रति जो अविश्वास था, अब वह टूट रहा था।

अब हम दोनों की वहाँ से आगे बढ़ने की हिम्मत नहीं थी और ना ही उस गलियारे में वापिस जाने की। अब बाहर जाएँ तो कैसे? बाहर निकलने के लिए हम दूसरा रास्ता ढूँढने लगे। कंपाऊँड में कई टूटे, पुराने इंजन के ढाँचे पड़े हुए थे। इससे पहले कि हम उस मलबे की तरफ़ जाते हमें किसी के दौड़ने की आवाज़ आयी। थोड़ी दूरी पर हमने किसी को माल गाड़ी के टूटे हुए डब्बे के अंदर घुसते हुए देखा। मैंने उस तरफ़ गोली चला दी, शायद पिटुआ था "बहुत खेल हो गया पिटुआ, मैं इन सबसे नहीं डरता हूँ, यहाँ वहाँ छिपने से कोई फ़ायदा नहीं है। छिपना फ़िज़ूल है बाहर आ जाओ नहीं तो मार दिए जाओगे।" मैं उस पुराने माल गाड़ी के डब्बे की तरफ़ बढ़ने लगा "धनिया, तुम बाएँ से घेरो मैं दाएँ से," कोई आवाज़ नहीं आयी धनिया की। मैंने पीछे पलट के देख तो धनिराम वहाँ नहीं था। मैंने आवाज़ लगाई "धनिया!! धनिराम!!" लेकिन कहीं कोई नहीं। मैंने सोचा शायद रास्ता भटक गया या वहीं चुपचाप बैठा हनुमान चालीसा पढ़ रहा होगा। मैंने अकेले ही आगे बढ़ने का निश्चय किया।

माल गाड़ी के अंदर मुझे कोई नहीं मिला, बस एक टूटा हुआ मटका रखा हुआ था जिस पर लिखा था 'ईस्टर्न रेलवे'। मैं डिब्बे से बाहर आ गया, तभी मुझे किसी के चलने की आहट हुई, सामने एक छोटे-से कमरे के दरवाज़े के पास धनिराम झुककर कुछ कर रहा था। मैं उस कमरे की तरफ़ दौड़ पड़ा। वहाँ पहुँच के देखा तो धनिराम वहाँ भी नहीं था। मैं वापस मुड़कर चला जाता

अगर कमरे से धनिराम की आवाज़ नहीं आयी होती। आवाज़ कमरे के अंदर से आ रही थी। मैंने दरवाज़ा खोलने की कोशिश की लेकिन दरवाज़ा बहुत सख़्त था। शायद अंदर से बंद हो गया था। मैंने पूरे शरीर का ज़ोर लगाया और दरवाज़ा चरमराते हुए मेरे ही ऊपर आ गिरा।

कमरा ज़्यादा बड़ा नहीं था लेकिन अंधेरा था। मैंने माचिस की डिबिया से तीली निकालकर जलाई तो देखा कि बहुत सारा मलबा पड़ा था और अनाज के सड़ने की एक अजीब-सी बदबू थी। ठीक से देखा तो एक टूटी-सी मेज़ पर कुछ गेंदें रखी हुई थीं, मैदे या आटे की बनी हुई, आधी खाई हुई। तीली फिर से बुझ गयी। मैंने दूसरी तीली जलाई और कमरे की एक तरफ़ घुमाया। पूरा कमरा इन गोल-गोल अनाज की गेंदों से भरा पड़ा था। सवाल यह था कि वहाँ अनाज कैसे सड़ सकता था? वहाँ अनाज कौन लाता होगा? मैंने एक गेंद को उठाया और हैरान रह गया। यह मैदे के गोले मृत लोगों के संस्कार में चढ़ाए हुए 'पिंड' थे। ठीक मेरे पीछे से चपड़-चपड़ चबाने की आवाज़ आयी, मैं देखने के लिए मुड़ा लेकिन माचिस की तीली फिर से बुझ गयी। हड़बड़ा कर मैंने फिर से एक तीली जलाई तो मैंने देखा धनिराम बैठ के वही पिंड खा रहा था। "धनिराम!!" मैं स्तब्ध था। अपना नाम सुनते ही धनिराम मेरी तरफ़ पलटा और हँसते हुए मेरी तरफ़ बढ़ने लगा। एक हाथ में पिंड और दूसरे हाथ में वही '555' का डब्बा, जो मैंने साधुराम की चिता पर उसके संस्कार के समय रखा था। "धनिया!! ....धनिया!" लेकिन वह कोई भी जवाब नहीं दे रहा था, पता नहीं सुन भी पा रहा था या नहीं। वह मेरी तरफ़ आते-आते अचानक रुक गया और कूदकर उसने मेरी छाती पर ज़ोर से लात मारी। मैं कमरे के बाहर मलबे में जा गिरा। धनिराम ने एक लंबा चीत्कार किया और मेरे ऊपर से कूदकर अंधेरे में ग़ायब हो गया। मैं उस मलबे में दब के बेहोश हो गया।

'टन्न -टन्न, टन्न -टन्न' बच्चों की स्कूल घंटी बजी और जीजाजी ने अपनी आँखें खोलीं। दादा ने अब भी उनका हाथ थामा हुआ था। सभी बच्चे जीजाजी और धनिया दा को प्रणाम करके स्कूल के बाहर चले गए और थोड़ी

ही देर में स्कूल ख़ाली हो गया। सूरज की आख़िरी किरणें भी हमें अलविदा कह चुकी थीं। स्कूल के बूढ़े चौकीदार ने जनरेटर चालू करके स्कूल की लाइटें जला दीं और एक लोहे के तसले में लकड़ी का अलाव हमारे पास रखकर हाथ जोड़ते हुए, बड़े आदरपूर्वक कहा "मतान जी! चाय बनतै?" जीजाजी ने 'हाँ' में सर हिला दिया और मुझसे भी पूछा "दिवाकर बाबू! चाय चलेगा ना?" मैंने भी हामी भर दी। जीजाजी घड़े के पास गए जो थोड़ी दूरी पर रखा हुआ था और पानी लोटे में डाल कर पानी पीने लगे। उधर दादा लघुशंका का इशारा करके चले गए।

मैं बैठे-बैठे सोचने लगा कि मैं यह पूरी कहानी वैसे ही फ़िल्माऊँगा जैसे मेरे साथ घट रही है या इस कहानी पर थोड़ा शोध करूँ? शूट लोकेशन मैं यहीं का रख सकता हूँ। मेरे लिए अब यह कहानी सिर्फ़ फ़िल्ममेकिंग ही नहीं बल्कि मेरी अपनी कहानी बनती जा रही थी। दिक़्क़त थी तो बस एक ही थी, यह कहानी मुझे बहुत एक तरफ़ा लग रही थी। मैंने सोचा की पहले पूरी कहानी सुन लेता हूँ फिर इस मुद्दे पर सोचूँगा। अभी जानकारी लेकर रख लेते हैं बाद में किसी ना किसी निष्कर्ष पर तो आ ही जाएँगे, लेकिन मुझे बनी बनाई स्क्रिप्ट मिलती जा रही थी और साथ ही एक परिवार भी, जीजाजी, धनिराम दा, ज्योति दी और प्यारी गुड़िया रानी। इस बात की ख़ुशी थी। मैं अपनी नोट बुक में यह सब लिखने में व्यस्त था कि बूढ़े चौकीदार ने अचानक से आकर मुझे डरा दिया। वह कब से हाथ में चाय का थर्मस लिए मेरे सामने खड़ा मुझे देखकर मुस्कुरा रहा था। ऐसा करके उसने मुझे साधुराम के भूत की याद दिला दी लेकिन शुक्र है कि जीजाजी और धनिराम दा भी जल्दी ही वहाँ आ गए।

चौकीदार के जाते ही मैंने कहा, "जीजाजी, मतलब कि उस कमरे में वह सब कुछ था जो हम मृत लोगों पर चढ़ाते हैं, जैसे..," "जैसे गाँव के सारे पिंड, जैसे साधुराम की चिता पर समर्पित उसका दिया हुआ उपहार, जिस पर 'अभीर भैया के लिए' गुदा हुआ था" मेरी बात को काटते हुए जीजाजी ने उसी डब्बे से सिगरेट निकालकर मेरे सामने रख दिया। यह वही डब्बा था

जिसमें उन्होंने दीदी के दिए हुए सिगरेट रखे थे। जीजाजी ने चाय की चुस्की ली और आगे कहानी जारी रखते हुए कहा "मैं थोड़ी देर तक मलबे में ही दबा रहा। ना ही मुझे ज़्यादा चोट लगी थी और ना ही मैं बहुत देर तक बेहोश रहा लेकिन पता नहीं क्यों मैं उठ ही नहीं पा रहा था। मैं बहुत डर गया था। लाल साड़ी में चुड़ैल, पिंड से भरा कमरा और उन्हें खाता हुआ प्रेत-बाधित धनिराम।

दिवाकर! सिर्फ़ मानना ही नहीं बल्कि अब मैं पूरी तरह से जान चुका था कि भूत–प्रेत होते हैं। इन सबके प्रति मेरा अविश्वास अब विश्वास में बदल चुका था। मैं उस खण्डहर से बाहर निकल जाना चाहता था लेकिन मैं धनिराम को वहाँ इस हालत में कैसे छोड़ सकता था। इस मुसीबत से अकेले तो बाहर नहीं जाऊँगा। 'जो होगा वह देखा जाएगा' वाली परिस्थिति बन गयी थी और अगर इस रेल लोकोमोटिव के भूत को मुझे मारना ही था तो कब का मार चुका होता। उसने ऐसा अभी तक नहीं किया था इसलिए शायद वह मुझ पर अभी तक हावी भी नहीं हुआ था।

अचानक किसी औरत के गुनगुनाने की आवाज़ आयी, किसी तरह मैं मलबे से बाहर निकला। मैंने जेब टटोली, माचिस की डिबिया से एक तीली निकाल के जलाई, सामने देखा तो थोड़ी दूरी पर एक औरत, गुनगुनाते हुए, अपने हाथों से ज़मीन में कुछ खोद रही है। "कौन?" मैंने डरते हुए पूछा तो रुक कर उसने मेरी तरफ़ देखा। वह सुगंधा थी। चेहरा सड़ा हुआ, गले से ख़ून निकल रहा था। मैं एक ज़िंदा लाश की तरह भौचक्का-सा उसे देखता रहा। रोते-रोते उसने मुझसे कहा "ओभीर बाबू! मेरा ख़ून हो गया" उसने इतना ही कहा था कि तीली फिर से बुझ गयी। मेरी हालत ख़राब हो गयी थी। काँपते हाथों से मैंने दुबारा तीली जलाई तो देखा वहाँ कोई नहीं था। पता नहीं कैसे सुगंधा के भूत से मुख़ातिब होने के बाद मेरे अंदर कुछ हौसला-सा आ गया। मुझे यह तो पक्का हो गया था कि वह मुझे मारना नहीं चाहती थी। इस बार मैंने अपनी क़मीज़ को उतारा, उसे जलाकर माचिस वापस अपनी जेब में रख

ली, जिसमें बस एक या दो तीलियाँ ही बची होंगी। मैंने उसमें कुछ सूखे पत्ते और लकड़ियाँ डाल दीं, आग और मज़बूती से जलने लगी।

आग से थोड़ी दूरी पर एक मलबे के पास मुझे कोई दिखा, मैंने कहा "पिटुआ! अपने आपको पुलिस के हवाले कर दो, अगर तुमने ख़ून नहीं किया है तो तुम्हें सज़ा नहीं होगी, और अगर तुम सुगंधा के कातिल हो तो तुम्हें सज़ा से कोई नहीं बचा सकता।" आहिस्ता-आहिस्ता मैं उसकी तरफ़ बढ़ने लगा। वह परछाई वहाँ से उठकर उसी माल गाड़ी के मलबे के पास जाकर फिर से ग़ायब हो गयी जहाँ अंधेरा था और आग की रौशनी भी वहाँ तक बहुत मुश्किल से पहुँच पा रही थी।

'मुसीबत का सामना करने से हम उसके समाधान की तरफ़ बढ़ने लगते हैं' यह सोच कर मैं अंधेरे में बढ़ने लगा। मलबे के पास पहुँचा, कोई नहीं था लेकिन जैसे ही मैं मुड़ा मेरे चेहरे के बिल्कुल सामने धनिराम खड़ा था, उसके गले से भी ठीक वैसे ही ख़ून निकल रहा था जैसा सुगंधा के। उसने मुझे गले से पकड़ कर उठा लिया। मैं उसके हाथ अपनी गर्दन से छुड़ा नहीं पा रहा था, पता नहीं इतनी ताक़त कहाँ से आ गयी थी उसमें। उसने कहा "हम सुगंधा को नहीं मारे!" और मुझे नीचे पटक दिया। दम घुटने से मेरी आँखों के आगे अंधेरा-सा छा गया लेकिन मैं इतना कह सकता था वह आवाज़ धनिराम की नहीं थी और मेरा धनिया कभी भी मुझ पर हाथ नहीं उठा सकता। उसके शिकंजे में मेरा शरीर अकड़ने लगा, मेरा दम घुट रहा था। तड़पते हुए मैंने धनिराम से बिनती की "धनिया! छोड़... दो!!" पकड़ ढीली करके वह मेरे और क़रीब आया "मैं पिटुआ हूँ, और मैंने किसी को नहीं मारा!" उसका चेहरा ठीक मेरे चेहरे के सामने था। उसने ठीक कहा था, मेरे सामने जो खड़ा था वह धनिराम नहीं बल्कि कोई और ही था। उसका चेहरा बदल गया था। उसके दोनों आँखों की पुतलियाँ पलट चुकी थीं जैसे किसी मृत इंसान की होती हैं। जबड़ा खुला हुआ और जीभ बाहर लटकी हुई। उसके गले से एक अजीब-सी घरघराने की आवाज़ आ रही थी। वह कभी हँसता तो कभी रोने लगता। कभी वह सुगंधा की आवाज़ में बिलखता "ओभीर बाबू! मेरा ख़ून हो

गया" और कभी पिटुआ बनकर तांडव करने लगता, कभी नाचता तो कभी सर पटकता। मुझे धनिराम की कही हुई बात याद आ रही थी 'नहीं मेहमान भूत-प्रेत होते हैं, इसे महसूस किया जा सकता है'. 'मेहमान! ये पिटुआ नहीं धोखा है" अब मुझे अपने निर्णय पर बहुत पश्चयताप हो रहा था। काश मैंने धनिराम की बात मान ली होती और इस खण्डहर के अंदर नहीं आता।

मेरी ही ज़िद के कारण आज धनिराम के प्राण संकट में थे, 'अब पछतावे होत का जब चिड़िया चुग गयी खेत' अब एक ही रास्ता था वहाँ से बाहर निकलने का। मैंने हिम्मत जुटाई और सुगंधा की आत्मा से बात करने की कोशिश की "सुगंधा...हमने तुम्हें बहुत ढूँढ़ा, लेकिन हम तुम्हें ढूँढ नहीं पाए, साधु तुम्हारी याद में शराब पीकर मर गया। मैंने और धनिराम ने उसे बचाने की बहुत कोशिश की लेकिन उसे नहीं बचा पाए...लेकिन इसमें हमारा क्या दोष? तुम धनिराम को छोड़ दो... तुम्हारी इस हालत के ज़िम्मेदार हम तो नहीं हैं" सुगंधा की आत्मा ने धनिराम के अंदर से बिलखते हुए कहा "ओभीर बाबू! हमारा ख़ून का ज़िम्मेदार पिटुआ है, और इसको इसका किए का फल मिल गया है और अब तुम्हारा बारी है हिसाब चुकाने का," सुगंधा की बात ख़त्म होते ही पिटुआ धनिराम के अंदर से बौखला कर चीख़ने लगा "हम सुगंधा को नहीं मारे! हाँ वह हमारे हाथ से मरी ज़रूर, लेकिन वह बस एक हादसा था" और धनिराम का सर ज़मीन पर पटकने लगा।

मैंने पूरी ताक़त लगाकर धनिराम के शरीर को दोनों हाथों से कस के पकड़ लिया, "पिटुआ आराम से! माना कि तुमको दुख है कि तुम मर गए लेकिन जो माथा तुम पटक रहे हो वह तुम्हारा नहीं बल्कि धनिराम का है और वह ज़िंदा है। मुझे डराने से या धनिराम को चोट पहुँचाने से तुम दोनों को कुछ मिलेगा क्या? तुम दोनों मुझे सब कुछ बताओ कि तुम्हारे साथ हुआ क्या? तुम दोनों कैसे मरे? मैं अपना हिसाब चुकाने को तैयार हूँ, मुझसे जो हो सकेगा मैं करूँगा फिर जैसी मेरी नियति।"

यह सुनकर सुगंधा और पिटुआ की आत्माएँ शांत हो गयीं। धनिराम मलबे में पड़े बड़े से पत्थर पर जाकर बैठ गया। मैं धनिराम के पास गया और

उससे कहा “धनिया! अगर तुम सुन पा रहा है तो हमको माफ़ कर देना। भूत-प्रेत की बात सुनते ही या तो मैंने हमेशा तुमको डाँटा हैं या तुम्हारा मज़ाक़ उड़ाया है। आज सब कुछ अपने कानों से सुना और अपनी आँखों से देख भी रहा हूँ। तुम्हें सही सलामत घर पहुँचाना मेरी ज़िम्मेदारी है और वह मैं पूरी तरह निभाऊँगा, चाहे मेरी जान ही क्यों ना चली जाए।”

धनिराम के शरीर से पिटुआ की आत्मा ने बिलखते हुए बोलना शुरू किया “कभी-कभी हमें यह समझ नहीं आता कि जो कुछ भी हम कर रहे हैं उसका अंजाम क्या होगा और जब तक यह समझ आता है तब तक वह सब कुछ हो चुका होता है, जिसे कभी नहीं होना चाहिए था। जिसे हम फिर कभी भी बदल नहीं सकते। बचपन में ही माँ बाप मर गए। गोपी की संगत में मुझे इसका ध्यान ही नहीं रहा कि मैं जिस अंधेरे में चल रहा हूँ वहाँ से लौटना मेरे लिए नामुमकिन हो जाएगा। मुझे क्या पता था कि यह सब होगा...मैं तो बस कंचन से प्यार करता था और उसी के साथ घर बसाना चाहता था। बस एक आख़िरी चोरी! और हम दोनों इस गाँव से हमेशा के लिए चले जाते लेकिन ‘चले जाना’ बस मेरे भाग में ही आया और मैं कंचन से, नानी से, गोपी से... सब से दूर चला गया।”

धनिराम की आँखों से आँसू बहने लगे, शायद यह पिटुआ का दर्द था जो धनिया की आँखों से बह रहा था। मेरे अंदर से डर अचानक ख़त्म-सा हो गया था। क्योंकि अब यह आत्मा मुझसे बात कर रही थी, मुझसे अपना दर्द बाँट रही थी और उसे सुनने के लिए वहाँ और कोई भी नहीं था, बस मैं ही सर्वे-सर्वा था। मैंने आराम से एक सिगरेट जलाई और उसके सामने मलबे पर बैठकर उसकी कहानी सुनने लगा।

एक आख़िरी चोरी

“दिवाकर! पिटुआ का जीवन मामूली होकर भी मामूली नहीं था। उसके सर पे माँ बाप का साया नहीं था। लड़कपन पार करके जवानी की दहलीज़ पर कब और कैसे आ गया, इसका अंदाज़ा उसे हुआ ही नहीं और अगर अंदाज़ा होता तो वह कभी भी ग़लत राह नहीं चुनता। इस रास्ते का चुनाव भी उसने ख़ुद नहीं किया था। जो भी हुआ उसके साथ वह बस होता चला गया” हम तीनों बातें करते हुए स्कूल से घर की तरफ़ बढ़े और साँझ रात की तरफ़ बढ़ने लगी, हवा में ठिठुरन बढ़ रही थी। वही गाँव जो दिन में चहक रहा था, हरा भरा, रंगीन फूलों और पेड़ो की छाँव में मन को आह्लादित कर रहा था अब साँझ ढलने के बाद वहीं गाँव अंधेरे में डूबा हुआ, कितना वीरान, सुनसान और भयानक लगने लगा। सूरज में कितनी शक्ति होती है ना! हमारे माता-पिता भी सूरज के जैसे ही होते है। इनके होने से हमारे जीवन में सुरक्षा होती है, रौशनी होती है, जिससे हम सही राह देख पाते हैं। माता-पिता के बिना हमारा भविष्य अंधकार में चला जाता है, हमारा व्यक्तित्व गर्त में डूबने लगता है और हमें पता भी नहीं चलता।

टॉर्च की रौशनी में हम घर तक पहुँच गए। दीदी साँझ बत्ती करके गुड़िया को पढ़ा रही थी। हाथ मुँह धोकर हम तीनों घर के बरामदे में बैठ गए। दीदी ने तुरंत भुने हुए चूड़े और मटर के साथ चाय लाकर टेबल पर रख दी। अब देख लीजिए ना माँ, बहन, परिवार में होने से चाय-नाश्ता, भोजन, देख-भाल कितनी आसानी से बिना कहे हो जाता है। यह कहना ठीक तो नहीं होगा कि मैं समझ सकता हूँ कि पिटुआ का जीवन कैसा रहा होगा लेकिन मुझे उससे पूरी सहानुभूति थी।

"फिर क्या हुआ? पिटुआ की आत्मा ने क्या किया," जीजाजी ने आगे बताना शुरू किया "दिवाकर! पिटुआ एक बहुत ही दुखी आत्मा थी। मेरे सामने कोई इतना दुखी होता है तो मेरा मन भी रुआँसा हो उठता है। उस वक़्त मुझे बस इतना डर था कि कहीं वह फिर से उत्तेजित ना हो जाए जिसका परिणाम धनिराम के शरीर को भुगतना पड़े। मैंने तुम्हारी तरह ही उससे पूछा "पिटुआ! यह कहना ठीक नहीं होगा कि मैं तुम्हारे दुख को समझ सकता हूँ लेकिन अगर तुम मुझे अपनी कहानी बताओगे तो मैं उसे समझने की कोशिश ज़रूर करूँगा। कैसे हुआ यह सब?" थोड़ी देर तक धनिराम के गले से घरघराने की आवाज़ आती रही फिर उसका सर मेरी तरफ़ मुड़ा और पिटुआ ने बोला, "जैसा कि नानी ने बताया कि मेरी माँ जन्म देते ही भगवान के पास चली गयी। बड़ी कम उम्र में ही वह माँ बन गयी थी। बचपन में, दिन भर मैं गोपी के साथ पूरे गाँव में घूमता रहता, खेलता, और हम मिल के खूब सारी बदमाशी करते। हम अक्सर पहलवान के दुकान से मुर्गियाँ चुराकर भाग जाते और उसे गाँव के मैदान में आज़ाद कर देते। एक शाम हम दोनों ने एक-एक मुर्गी चुराई। गोपी भागने में कामयाब हो गया और मैं पकड़ा गया। पहलवान मुझे पकड़ने के लिए पीछे दौड़ा लेकिन मैं एक नाले में गिर के बेहोश हो गया। शाम को जब होश आया तो देखा, बाज़ार में चारों तरफ़ मरी हुई मुर्गियाँ फड़फड़ा रही थीं ... और .. और एक काला साया, जो मुझे छूने की कोशिश कर रहा था। वह तो नानी मुझे ढूँढते हुए वहाँ आ गयी नहीं तो शायद उस दिन मैं भी किसी मुर्ग़ी की तरह मरा पड़ा होता, ख़ैर मरा तो मैं अभी भी हूँ। अब क्या फ़र्क़ पड़ता है। जैसे-जैसे बड़ा होता गया मैंने गोपी के

साथ और चोरियाँ करनी शुरू कर दीं और हम दोनों अफ़ग़ानी पहलवान के लिए चोरी करने लगे। यहाँ मेरी और कंचन की कहानी शुरू हुई।

कंचन, अफ़ग़ानी पहलवान की बेटी जो बचपन में ही हमारी दोस्त बन चुकी थी, जब बड़ी हुई तो हम दोनों में प्यार हो गया। हम इसी मनहूस रेल लोकोमोटिव के खण्डहर में, छिपकर मिलने लगे। एक दिन हमारी चोरी पकड़ी गयी और पहलवान ने मुझे बहुत मारा। मार-मार के अधमरा कर दिया। तब मैंने ख़ुद से एक वादा किया कि बस एक आख़िरी चोरी करेंगे, सिर्फ़ कंचन को पाने के लिए, लेकिन इतनी बड़ी चोरी करने के लिए या तो किसी बड़े साहूकार को लूटना पड़ता या फिर किसी दूसरे शहर में डकैती करनी पड़ती क्योंकि इस छोटे से शहर में ऐसा कोई था ही नहीं जिसके पास इतना रोकड़ा होता। यही तय करते-करते हम साधुराम की दुकान पर बीड़ी पीने पहुँचे और वहाँ गोपी ने मुख़्त्यार जान को गहनों में लदा हुए देखा। गोपी ने उनकी सारी बातें सुन लीं और वहीं हमने उसकी गाड़ी लूटने की योजना बनाई।

उनकी गाड़ी क़रीब आठ बजे साधु की दुकान से निकलने वाली थी और रेल खण्डहर से होते हुए वह साहेब की कोठी तक जाती इसलिए हमने, रोड नंबर उन्यासी पर कीलें बिछाकर, उनकी गाड़ी पंचर कर दी। संतुलन खोकर गाड़ी पलट गयी और रोड के नीचे आ गयी, क्योंकि गाड़ी बहुत तेज़ी से चल रही थी। हम दौड़कर गाड़ी के पास पहुँचे तो देखा कि साधुराम का मुँह डैशबोर्ड में धँस गया था लेकिन वह ज़िंदा था, ड्राइवर बाहर गिरा हुआ था और होश में था। सुगंधा पिछली सीट पर बेहोश हो गयी थी। गोपी ड्राइवर के पास गया तो ड्राइवर ने घबराहट में गोपी पर हमला कर दिया, बदले में गोपी ने भी ड्राइवर के सर पर लोहे के पाइप से मारा। ड्राइवर लड़खड़ाते हुए दो कदम ही चला होगा और आगे जाकर गिर गया। मैंने गाड़ी की पिछली सीट पर देखा कि सुगंधा पड़े-पड़े कराह रही थी। मैंने उसे उठाने की कोशिश की तो उसे होश आ गया। होश आते ही उसने मेरे हाथों में बड़ा-सा चाकू देखा और घबरा कर उसने मेरा हाथ पकड़ लिया, इतने में गोपी ने, गाड़ी के

दूसरे दरवाज़े से, गाड़ी में घुस के, उसे पकड़ने की कोशिश की इसी संघर्ष में सुगंधा को धक्का लगा और वह मेरे चाकू पर आ गिरी। वह चाकू उसके गले को मक्खन की तरह चीरता हुआ चला गया। पूरी गाड़ी उसके ख़ून से लाल हो गयी। सुगंधा ने वहीं अपना दम तोड़ दिया। हमने यह कभी नहीं सोचा था कि ऐसा हो जाएगा, हम तो बस मुख़्त्यार जान के गहने लूटना चाहते थे, अफ़सोस की वहाँ मुख़्त्यार के बदले सुगंधा मिली।

गोपी हमको वहाँ अकेला छोड़ के भाग गया। मेरी समझ में कुछ भी नहीं आ रहा था कि अब मैं क्या करूँ। मैं अब तक बस पॉकेटमारी या छोटी-मोटी चोरी ही करता आया था, किसी का ख़ून करना तो क्या, खून करने का ख़याल भी नहीं हुआ था कभी। उस शाम सुगंधा के साथ-साथ मेरे और कंचन के सपनों ने भी दम तोड़ दिया। हम हार चुके थे, मैं बेसुध-सा वहीं बैठ गया। सामने सुगंधा की कटी हुई गर्दन गाड़ी से लटक रही थी और उससे टपकता हुआ ख़ून सड़क पर बह रहा था। सुनसान सड़क, सुगंधा की लाश और सामने वीरान रेल लोकोमोटिव का खण्डहर। वहाँ कब तक बैठा रहता, मैंने अपने आप को संभाला और इससे पहले की साधुराम होश में आता मैं सुगंधा की लाश को कंधे पर टांग कर, रेल खण्डहर की तरफ़ बढ़ने लगा। मैं सर से पैर तक सुगंधा के ख़ून में भीग गया था। सुगंधा की लाश छिपाने के लिए रेल खण्डहर से अच्छी जगह हो ही नहीं सकती थी, इसलिए...,"
"लेकिन ऐसी हालत में तुमने खण्डहर का गेट कैसे खोला, क्योंकि खण्डहर का गेट तो सदियों से बंद था, हम दो लोगों ने मिलकर बड़ी मुश्किल से उसे खोला" मैंने पिटुआ के भूत से पूछा, जिसपर उसने कहा "रेल खण्डहर के अंदर घुसने का एक और रास्ता है, पीछे से। वह बस मुझे और कंचन को पता था, क्योंकि हमारे अलावा कोई भी यहाँ नहीं आता था।

मैं सुगंधा की लाश उस पुराने माल गाड़ी के डब्बे के पीछे, मिट्टी में गाड़ कर, डिब्बे में जाकर छिप गया। प्यास से मेरा गला सूख गया था। वहीं माल गाड़ी में एक टूटा-सा मटका रखा हुआ था जिसमें थोड़ा-सा बरसात का पानी जमा था। मैंने उस मटके को उठाया और वह पानी पी गया। दो घूँट पीने के

बाद पता चला कि पानी में कीड़े थे जो मेरे मुँह के अंदर रेंगने लगे। मटका फेंक कर मैं बहुत ज़ोर से चिल्लाया और वहीं बैठकर रोने लगा। मुझे नानी की बहुत याद आ रही थी। अपने पैदा होने को कोसने लगा और रोते-रोते जाने कब मेरी आँख लग गयी, पता नहीं चला।

रात को मेरे पेट में बहुत भयानक दर्द उठा। मैं दर्द से तड़प रहा था। दर्द से मैं जितना बौखलाता, वह उतना बढ़ जाता। दर्द पेट से होता हुआ बहुत नीचे, मलाशय तक पहुँच गया। मैंने नीचे देखा तो पतलून ख़ून से गीली हो गयी थी, मलाशय से ख़ून लगातार बह रहा था। प्यास से होंठ सूख गए थे। मैं माल गाड़ी के उस डिब्बे से बाहर निकाला और देखा कि एक साँवली औरत, फटे हुए कपड़े, क़रीब आधी नंगी, उसी जगह खोद रही थी जहाँ मैंने सुगंधा की लाश को गाड़ा था। मेरी आहट सुनते ही वह पलटी और मेरी तरफ़ लपकी। मेरी छाती पर बैठकर मेरा गाला दबाने लगी। मेरा दम घुटने लगा, मैंने जैसे ही झटका दिया वैसे ही परछाई कूद के डिब्बे से बाहर चली गयी, मेरा सर घूम रहा था और पेट में अभी भी दर्द हो रहा था। ठीक उसी समय, मुझे फिर से मिट्टी खोदने की आवाज़ आयी जिसे देखने की हिम्मत मुझ में नहीं थी। मैं वहाँ से निकल के सीधा बस्ती की तरफ़ भागा।

बस्ती पहुँच के मैंने देखा कि आप लोग वहाँ पूछताछ कर रहे हैं, इसलिए नज़र बचाते हुए मैं बस्ती की दीवार फाँद कर एक घर की छत पर छिप गया," मैंने पिटुआ को बीच में टोकते हुए कहा "ओह! मतलब बस्ती से वापस लौटते हुए जो दीवार पर ख़ून के निशान मैंने देखे थे वह तुम्हारे ही थे। मतलब मैंने सही कहा था कि इस ख़ून के धब्बे से सुगंधा वाली घटना का कोई तो लेना देना था," पिटुआ ने हाँ में हाँ मिलाते हुए कहा "हाँ, जहाँ आप खड़े थे मैं उसी छत पर अपना मुँह दबाकर लेटा हुआ था, आप लोगों के चले जाने के बाद मैं अपने झोपड़े के पास पहुँचा और बेहोश हो गया। थोड़े ही देर के बाद जब मुझे होश आया, झोपड़ी में नानी नहीं थी और दरवाज़ा खुला हुआ था। मैंने छत से नीचे उतरकर देखा तो पूरी बस्ती सुनसान पड़ी थी 'चूँ' तक की भी आवाज़ नहीं थी।

मैं जैसे ही झोपड़ी की तरफ़ पीछे मुड़ा तो देखा कि कुछ लोग हमारी झोपड़ी को जला रहे हैं। मैं एक दीवार के पीछे छिप गया। जब वह लोग चले गए तो मैं उस जली हुई झोपड़ी की तरफ़ गया क्योंकि वहाँ से किसी के कराहने की आवाज़ आ रही थी, कौन हो सकता था, नानी तो झोपड़े में थी ही नहीं, दरवाज़ा खुला हुआ था। तभी एक आदमी दिखा जो आधा से ज़्यादा जल गया था, जलकर तड़प रहा था और उसके ठीक पीछे एक औरत खड़ी थी, वही साँवली औरत और उसका पेट बड़ा था, शायद गर्भ से थी। सुंदर चेहरा, काले लंबे घुंघराले बाल, साँवला भरा हुआ शरीर और बालों में लाल फूल लगाए हुए थी। मेरी हालत ख़राब हो गयी थी क्योंकि यह वही औरत थी जो रेल खण्डहर में सुगंधा की लाश खोदकर निकालना चाह रही थी। वह मेरी तरफ़ बढ़ने लगी, मैं भागने की कोशिश कर रहा था लेकिन मैं हिल भी नहीं पा रहा था। पलक झपकते ही उस औरत ने मुझे गले से पकड़ कर उठा लिया। मैं नानी-नानी चिल्लाने लगा तो नानी ने मुझे झकझोर कर उठा दिया।

मैं सपने में चीख़ रहा था और अभी तक झोपड़े के बाहर ही पड़ा हुआ था। लेकिन जो कुछ भी मैंने सपने में देखा वह जाने क्यों सच लग रहा था। मेरे चिल्लाने की आवाज़ सुनकर नानी ने दरवाज़ा खोला। वह किसी तरह से मुझे घसीटकर झोपड़े के अंदर लेकर आयी और पानी छिड़क कर मुझे जगाया। मेरा शरीर जल रहा था, घर में जितना भी पानी था मैं सारा पी गया। नानी ने मेरी कलाई पर एक धागा बाँध दिया और कहा, "कितनी बार मना किया है कि रेल खण्डहर में मत भटका करो। जाकर कपड़ा बदल लो और सारा ख़ून साफ़ कर लो। सुनो! यह तुमरा कलाई पर बांधा है, ख़बरदार! इसको कभी भी अपने शरीर से मत हटाना, जब भी ऐसा कोई परछाई दिखे, हाथ जोड़ के हट जाना वहाँ से! घबराना नहीं, वह परछाई तुम्हारा कभी बुरा नहीं करेगी। बस यह चोरी-चकारी छोड़ दे।" उस दिन मैंने नानी से वादा किया कि अब से तू जो कहेगी मैं वही करूँगा, तुमरे साथ मज़दूरी भी। छोड़ दूँगा यह चोरी चकारी," और उस दिन से चोरी-चकारी, प्यार मोहब्बत सब छूट गया।

"तो जब तुमने ख़ून नहीं किया था तब तुम पुलिस के पास क्यों नहीं आए" मैंने पिटुआ की आत्मा से पूछा। "सच कहूँ दरोग़ा जी, कई बार मन करता था कि पुलिस को सब सच बता दूँ क्योंकि मेरे पास जीने का कोई कारण बचा ही नहीं था। गाँव में छीछालेदर हो ही चुका था, कंचन का ब्याह होने ही वाला था लेकिन सच बताकर मैं तो जेल चला जाता, फिर मेरे बाद नानी का क्या होता? इसलिए हम नानी के साथ स्टेशन के काम में मज़दूर लग गए। स्टेशन का हर कोना जिसमें मैं और कंचन हँसते बोलते थे अब मेरे अंदर कोई भी भावना पैदा नहीं करता था। मैं चुपचाप उसको अनदेखा कर देता और सारा दुख पसीना बनकर मेरे शरीर से बह जाता। लेकिन एक चीज़ थी जो मेरी नींद और चैन उड़ा रही थी। वह थी यह साँवली औरत जो सिर्फ़ मुझे ही दिखती थी और बाक़ी सब मुझे पागल-पागल कह के चिढ़ाते थे, ख़ासकर किसन और इन्दु।

एक दिन काम करते-करते नानी का दम फूलने लगा तो मैं और बिलास नानी को लेकर अस्पताल भागे और रात भर हम दोनों नानी के पास ही रहे। सुबह काम पे गया तो देखा इन्दु वहीं मरी पड़ी थी। उसका गर्दन और जबड़ा दोनों टूटा हुआ था। लोगों का शक मुझ पर गया लेकिन मैं तो रात भर अस्पताल में था। रेल खण्डहर प्रेत बाधित था यह उस दिन अपनी आँखों से देखा। जो लोग मुझे पागल कहते थे वह सब अब मेरी बात पर यक़ीन करने लगे कि कोई परछाई थी जो खण्डहर में घूमती रहती है। जब पुलिस आयी तो मैं पकड़े जाने के डर से टनल में जाकर छिप गया और वहीं मुझे उस साँवली औरत का सच पता चला।

क़रीब एक घंटा मैं उस टनल में छिपा रहा। बैठे-बैठे मुझे झपकी आ गयी और आँख खोली तो सामने वही साँवली औरत, कानों में फूल, घुंघराले बाल, सुंदर आँखें और आँखों में आँसू। वह मेरे सामने खड़ी मुझे ही देख रही थी। उसे देखते-देखते मेरा मन एक दम रुआँसा हो गया और मेरी आँखों में भी पानी आ गया। मुझे उससे डर नहीं लग रहा था लेकिन मैं वहाँ से थोड़ा-सा भी हिल नहीं पा रहा था। ऐसा लग रहा था कि मेरे हाथ पैर किसी ने रस्सी से

बांध दिए थे। फिर वह मेरे पास आयी तो मेरा पूरा शरीर सिहर उठा और मेरे कान के बिल्कुल पास आकर उसने कहा "घबराओ नहीं! तुमको कुछ नहीं होगा क्योंकि इन्दु को तुमने नहीं मैंने मारा है।"

जब इन्दु यहाँ से काम करके घर गयी तो मैं उसके साथ चिपक गयी और उसके घर चली गयी। जैसे-जैसे रात बढ़ती गयी, मेरा दबाव उसके ऊपर बढ़ता गया। क़रीब तीन बजे रात को मैंने इन्दु को उठाया। मुझे भूख लगी थी, पहले तो इन्दु ने रसोई का सारा खाना खाया, बर्तनों में चिपका हुआ भी, खरोंच-खरोंच कर। उसके बाद मैं उसे लेकर बाहर खेतों में आ गयी, एक कुत्ते को मारा और उसे खा गयी। खा इन्दु ही रही थी लेकिन पेट मेरा भर रहा था। फिर मैं इन्दु को चलाते-चलाते आम के बगीचे से और रेल यार्ड होते हुए वहीं लेकर आ गयी जहाँ उसने तुम्हारा हलवा छिपाया था। तुम्हें एक बात बताऊँ? वह हलवा मैंने खाया था। लेकिन इन्दु को उसकी बदतमीज़ी की सज़ा मिलनी ज़रूरी थी। इसलिए पहले तो मैंने सारा हलवा उसके मुँह में पलट दिया, उल्टी कर दी, फिर उसका जबड़ा तोड़ा। हरामज़ादी मछली की तरह दर्द से तड़प रही थी, मुँह में हलवा इतना भर दिया कि आह तक नहीं निकल पाई। उसकी तड़प देखकर मुझे और ग़ुस्सा आ रहा था इसलिए उसके ही हाथों से मैंने उसकी गर्दन मरोड़कर, जान ले ली और उसका शरीर छोड़ दिया," "लेकिन तुमने ऐसा क्यों किया? तुमने मेरे लिए उसे सज़ा क्यों दी? कौन हो तुम?" मैंने रोते-रोते उससे पूछा, "कौशल्या! . . . तुझे जन्म देने वाली तेरी माँ, कौशल्या!" जब इन्दु ने तुम्हारा मज़ाक़ उड़ाया तो मुझे अच्छा नहीं लगा, इसलिए मैंने उसे मार दिया। उसने मेरी आँखों में अपनी लाल-लाल आँखों से देखते हुए कहा।

इतना कह के पिटुआ फूट-फूट के रोने लगा और धनिराम का शरीर ऐसे काँपने लगा जैसे उसे ग्यारह हज़ार के झटके लग रहे हो। मैंने फिर से धनिराम के शरीर को दोनों हाथों से कस के पकड़ लिया, "सम्भालो अपने आप को पिटुआ? धनिराम बेक़सूर है! तुमने वादा किया है कि धनिराम को कुछ नहीं करोगे।"

शुक्र मानो दिवाकर, थोड़ी ही उछल कूद के बाद पिटुआ ने मेरी बात मान ली और शांत हो गया। उस समय मेरे दिमाग़ में सवालों का बवंडर उठ रहा था। मैंने पिटुआ से पूछा "तुम्हारी नानी का क्या नाम बताया था?," "लक्ष्मी नानी!" पिटुआ ने सुबकते हुए जवाब दिया और फिर सारी बात मेरे सामने पानी के तरह साफ़ होती जा रही थी।

"जीजाजी, इसका मतलब... पिटुआ डॉक्टर का.." जीजाजी ने मेरी मुँह की बात छीन ली, "सही सोच रहे हैं आप दिवाकर बाबू! पिटुआ कौशल्या और डॉक्टर की नाजायज़ संतान थी। जिसे लक्ष्मी मौसी ने, वादे के मुताबिक़, पाल पोसकर बड़ा किया। उस दिन सुबह होने से पहले लक्ष्मी मौसी, कौशल्या को लेने रेल खण्डहर पहुँच तो गयी लेकिन तब कौशल्या वहाँ नहीं थी। उसे ढूँढते हुए लक्ष्मी मौसी रेल कारख़ाने में घुस गयी और देखा कि कौशल्या ने पिटुआ को जन्म दे दिया था और प्रसव में उसकी जान चली गयी थी, क्योंकि एक तो उसकी उम्र बहुत कम थी और दूसरे वह बहुत कमज़ोर हो चुकी थी। प्रसव पीड़ा बर्दाश्त ना कर पाने के कारण उसके प्राण निकल गए," मेरी जिज्ञासा अब बहुत ही बढ़ चुकी थी, "बाप रे! जीजाजी! कहानी तो जलेबी बनती जा रही है। फिर आगे क्या हुआ?.... पिटुआ कैसे मरा और धनिराम दादा को कैसे बचाया आपने?।"

"रात बहुत हो गयी है, आगे की कहानी कल सुनाएँगे, अभी सो जाते है नहीं तो मुझे तुम्हारी दीदी से कोई नहीं बचा पाएगा।" ज़ोर से ठहाका मारते हुए जीजाजी और दादा अपने–अपने बिस्तर पर चले गए और अपनी नोट बुक सिरहाने रखकर मैं भी अपने सवालों के साथ बिस्तर पर लंबा हो गया। मेरा पत्रकार दिमाग़ इस जलेबी बनती कहानी को स्वीकार नहीं कर पा रहा था, हालाँकि कहानी बहुत रोमांचकारी थी। फिर मैंने सोचा कि एक बार पूरी कहानी सुन लेते हैं, अगर मनघड़ंत भी है तो उसी तरह से मैं अपनी स्क्रीनप्ले भी लिख लूँगा और प्रार्थना यही थी कि यह कहानी अब जल्दी ही ख़त्म हो जाए।

पाप और पुण्य का हिसाब

नींद का नहीं आना और आ जाना दोनों आकस्मिक होते है, ख़ासकर उनके लिए जिन्हें रात में जागने की आदत होती है। जो एक पल में अनंत का सफ़र तय करने की क्षमता रखते हैं। ज़्यादातर ऐसे लोग मानसिक रूप से रचनात्मक होते हैं और इनकी राशि चंद्रमा से प्रभावित होती है, ऐसा कहा जाता है। ख़ैर! मैं रेल खण्डहर में इस तरह खो गया था कि दिमाग़ में लगातार तस्वीरें बनती जा रही थी। पिछले कई दिनों से मैं ठीक से सो नहीं पाया था और अब मेरे मन की शांति के लिए मेरा सोना बहुत ज़रूरी हो गया था। मैंने ज़बरदस्ती आँखों को बंदकर लिया ताकि मैं नींद के आग़ोश में चला जाऊँ, लेकिन बंद आँखों में भी मैं यहीं सोचता रहा कि अगर जीजाजी के जैसी परिस्थिति किसी के भी जीवन में आती है, तो ठीक हमारी नींद की तरह ही आती होगी, बिना कुछ कहे-बिना कुछ सुने, आकस्मिक।

भला कौन ही ऐसे संयोग की कामना करता होगा कि वह किसी भूत-प्रेत के चक्कर में पड़ जाए? लेकिन एक बात ज़रूर है, जीजाजी की परिस्थिति

धनिराम दादा की परिस्थिति से बिल्कुल ही अलग थी, कम-से-कम दादा को यह सब अपनी आँखों से झेलना तो नहीं पड़ रहा था, बल्कि उन्होंने तो अब तक का सारा तमाशा बेहोशी की हालत में ही निकाल दिया लेकिन जीजाजी की हालत गले में फँसी हड्डी के जैसी हो गयी थी जो ना निगलते बन रही थी और ना ही उगलते। ना ही उनका वहाँ से भाग निकलने का कोई प्रावधान बन पा रहा था और अगर बाहर निकलने का कोई रास्ता हो भी जाता तो धनिराम दादा को वहाँ इस तरह प्रेत-बाधित छोड़कर जाना उनके लिए संभव नहीं था। इसके आगे मुझे कुछ भी याद नहीं है, जाने कब मेरी आँख लग गयी।

खिड़की से आती सूरज की किरणें मेरे चेहरे को गुदगुदाने लगीं। कितनी अजीब बात थी ना, अभी तो सोया था और देखिए पलक झपकते सुबह भी हो गयी। हाथ मुँह धोकर बाहर आया तो जीजाजी बाहर पौधों में पानी पटा रहे थे। "उठ गए दिवाकर बाबू! अच्छा हुआ उठ गए नहीं तो आप पम्पू तलाव नहीं देख पाते। चलिए! आपको भी पम्पू तलाव देखा कर लाते हैं," "पम्पू तलाव? क्या है वहाँ?" मैंने पूछा। "फ़िशरीज़ है, मछली पालन किया जाता है! धनिराम पहुँच भी गया होगा अब तक! बस आपके जागने का इंतज़ार कर रहे थे। चलें?" मैं उत्साहित हो गया कि आज खाने में मछली भी होगी और नई जगह के साथ-साथ, तलाव के किनारे कहानी सुनने का मज़ा ही कुछ और होगा। हम तलाव की तरफ़ चल पड़े।

कम सोने की वजह से मुझे जम्हाईयाँ आ रही थी जिसे देखकर जीजाजी ने कहा, "क्या हुआ दिवाकर बाबू! लगता है सोए नहीं कल रात!" "हाँ जीजाजी, कल रात भर मेरे दिमाग़ में रेल खण्डहर की, आपकी, दादा की और पिटुआ की तस्वीरें उभर रहीं थीं और यहीं सोचता रहा कि यह आकस्मिक और असामान्य घटना आपके लिए कैसी रही होगी? रोमांचक, दुखद या भय से भरी ..." "शून्य! मेरे लिए शून्य था दिवाकर! उस समय मेरे मन में कोई भी भावना नहीं थी। मैं बस अपने साथ घटने वाले हर एक पल को एक दर्शक बना देख रहा था। मैं पिटुआ की आवाज़ को मूर्छित पड़े धनिराम के शरीर से आते हुए सुन रहा था, उससे बातचीत कर रहा था और

अब जब मैं उस प्रेत-बाधित रेल लोकोमोटिव के खण्डहर में बिताए पलों को सोचता हूँ तो मेरा हर एक रोवाँ सिहर उठता है।" जीजाजी की आँखों में पहली बार मैं डर देख रहा था। वह चुप हो गए। मैंने बात को बदलने के लिए कहा "यह पम्पू तलाव कितना दूर है?" उन्होंने कहा "बस यहीं दो कदम पर" मुझे अचानक दादा के दो कदम से दो सौ कदम का सफ़र याद आ गया, जब मैं पहले दिन, स्टेशन से जीजाजी के घर तक आया था लेकिन इस बार सच में हम तलाव से दो कदम की दूरी पर ही थे क्योंकि ठीक मेरी नाक की सीध में मुझे दादा मछली पकड़ते हुए दिखाई दिए। उनके चेहरे की मुस्कुराहट बता रही थी कि उन्होंने काफ़ी मछलियाँ पकड़ ली थीं, उन्होंने हाथ हिलाकर आने का इशारा किया। मैं उनकी तरफ़ दौड़ पड़ा, बाल्टी में देखा तो सच में उन्होंने कई सारी मछलियाँ पकड़ी थीं। उसमें कई तरह की मछलियाँ थी। दादा के हाथ से मछली पकड़ने वाली बंसी लेकर मैं भी मछली पकड़ने लगा। जीजाजी पास बैठ गए। क़रीब एक किलो की दो रेहू मछली लेकर हम घर की तरफ़ चल पड़े और बाक़ी मछलियाँ हमने वहीं मत्स्य पालन के स्टोर में रखवा दीं जहाँ से वह बाज़ार में बिकने के लिए चली जाती थी।

लौटते समय हम बाज़ार से होते हुए आए, शहर का छोटा-सा बाज़ार खुल चुका था, चहल पहल थी, ख़ास बात यह थी कि मैं चार साल पहले का भी देख रहा था और बीस साल पहले के बाज़ार को भी। दादा के बताए अनुसार, वह अफ़गानी पहलवान का जुए का अड्डा जहाँ पिटुआ और गोपी जुआ खेला करते थे, वहाँ अब एक कपड़े की दुकान खुल गयी थी, "ई पहलवानवा के दामाद का दुकान है। ओकर मरे के बाद ज़मीन बेटी को मिल गया और दामाद दोकान खोल दिया।" कमाल है, जहाँ लाल ख़ून बहता था अब वहाँ लाल रेशम, रंगीन कॉटन, ऊनी, रंग-बिरंगे कपड़े बिकते थे। थोड़े आगे चल के बड़ा नाला था, यह वही जगह थी जहाँ सुगंधा और साधुराम ने पहली बार कौशल्या की भटकती आत्मा को देखा था, जिसपर अब एक सीमेंट और कंक्रीट का रोड बन गया था, दूर-दूर तक नाले का कोई नामोनिशान तक नहीं था।

चलते-चलते हम पुलिस थाने के पास आ गए। पुलिस थाने के पास जहाँ साधुराम की दुकान होती थी वहाँ एक चलता-फिरता होटल बन गया था और सामने ही एक आदमी कचौड़ियाँ तल रहा था। बड़े आदर के साथ उस ढाबे के मालिक ने हम तीनों को अंदर बिठाया। हमने चार प्लेट कचौड़ी और जलेबी खाईं और दीदी-गुड़िया के लिए दो प्लेट बँधवा भी लीं। थोड़ी देर में वहाँ एक बूढ़ा आदमी आकर बैठ गया और चाय कचौड़ी खाने लगा। उस आदमी ने अपनी जगह से आवाज़ लगाई "प्रणाम साहेब," दादा ने मुड़कर देखा और आवाज़ लगाई "रामखेलावन चाचा!" "अरे साहेब! धनिया! की हाल चाल," "सब काली माता की कृपा है। इनसे मिलो, यह हैं दिवाकर बाबू, पत्रकार हैं। रेल खण्डहर पर सिनेमा लिख रहे हैं! और ई हैं हेड कांस्टेबल रामखेलावन, रिटायर्ड, और यह दुकान इन्हीं का" जीजाजी ने मेरा परिचय देते हुए कहा। मैंने प्रणाम किया तो उन्होंने मेरी तरफ़ झुक कर कहा, "काली मईया का दिव्य आशीर्वाद है साहेब पर। इन्होंने जो यहाँ के लिए किया वह सौ साल तक भी कोई नहीं कर सकता है बाबूजी! बहुत भाग्यशाली हैं जो आप इनके साथ हैं। धनिया आज ज़िंदा है तो इन्ही के प्रताप के कारण। ठीक है साहेब प्रणाम!"

रामखेलवन चाचा ने दोनों हाथों में समोसे के ठोंगे को उठाया और हमको टाटा करके वहाँ से पुलिस थाने की तरफ़ बढ़ गए और हम घर की तरफ़। घर पहुँचने से पहले जीजाजी ने एक सिगरेट जलाई और मेरी तरफ़ डिबिया बढ़ा दी। मैंने भी एक सिगरेट जला ली। मेरे लिए जीजाजी का सिगरेट जलाने का मतलब था कि वह कहानी सुनाने के लिए तैयार हैं इसलिए मैंने भी चिंगारी को आग दी "फिर आगे क्या हुआ," जीजाजी को जैसे मेरे पूछने भर का ही इंतज़ार था, उन्होंने एक गहरा दम लिया और कहा, "इतना तो मैं समझ चुका था कि पिटुआ ने कोई ख़ून नहीं किया था। मुझे अब यह जानना था कि पिटुआ की मौत कैसे हुई थी। इसलिए मैंने पिटुआ से पूछा "तुम कैसे मरे?,"

पिटुआ ने बताया, “स्टेशन में दिन भर सारे मज़दूर खूब मन लगाकर काम करते लेकिन जैसे ही दिन ढलता, लोगों की नज़र आसमान में ढलते हुए सूरज पर और कान, कारख़ाने के सायरन के बजने का इंतज़ार करने लगते। इधर साइरन बजता और उधर लोग जैसे-तैसे स्टेशन के बाहर निकल भागते। भूलाए नहीं भूलता वह नज़ारा, एक दिन शाम को बादल घिर आए और दोपहर में ही अंधेरा-सा हो गया, बादल गरजने लगे। पता नहीं क्या सूझी दो मज़दूरों को। उन्होंने मसखरी में सायरन बजा दिया। सायरन और असमान से गिरती बिजली ने लोगों के डर को बढ़ा दिया, लोग घबराकर इधर-उधर भागने लगे। भगदड़ मच गयी और सारे लोग कारख़ाने से बाहर की तरफ़ भागने लगे। पतले से गलियारे में भीड़ जमा हो गयी। मैं, छत पर, सीढ़ी लगाकर, लोहे का काम कर रहा था, उतरते-उतरते मुझे थोड़ा समय लगा। जब तक मैं उतरा तब तक स्टेशन पूरा ख़ाली हो गया था। मैंने नीचे उतरकर सबसे पहले नानी को ढूँढने की कोशिश की, वह नहीं मिली। मैंने सोचा वह अब तक तो निकल गयी होगी।

अभी मैं गेट की तरफ़ भागा ही था कि मुझे टनल के सामने नानी खड़ी दिखाई दी। उसने एक हाथ से मुझे टनल के अंदर की ओर इशारा किया। उनके इशारे से ऐसा लग रहा था कि किसी को वहाँ मेरी ज़रूरत थी, जैसे कोई फँसा हुआ हो। अंदर की तरफ़ इशारा करके नानी टनल के अंदर चली गयी। नानी को वापस लेने के लिए मैं कारख़ाने के गेट की तरफ़ ना जाकर उस तरफ़ दौड़ पड़ा। मैं दौड़ता हुआ नानी के पीछे-पीछे टनल के अंदर घुस गया। दूर भीतर से आवाज़ें आ रही थीं, जैसे कोई मलबे में दबा हुआ है। नानी आगे-आगे और मैं उनके पीछे-पीछे, मुझे नानी की एक झलक दिखती और वह चलते हुए अंदर ग़ायब हो जाती, मैं कदम और तेज़ी से बढ़ाता, वह फिर से ग़ायब हो जाती। थोड़ी दूर जाकर नानी एक कोने में खड़ी हो गयी और सिसक-सिसक कर रोने लगी। मुझे कुछ ठीक नहीं लग रहा था, वह आवाज़ नानी की नहीं थी। मैंने दूर से ही पूछा “क ...क..क ..कौन है?” जब वह मेरी तरफ़ मुड़ी तो मैं दंग रह गया।

वह सुगंधा थी। गले से फरफरा के ख़ून निकल रहा था और चेहरा सड़ चुका था। एक हाथ से अपने गले को पकड़े और एक हाथ मेरी ओर बढ़ाए, वह बड़बड़ाती हुई मेरे तरफ़ लपकी। भागने के लिए मैं उल्टे कदमों से पीछे मुड़ा ही था कि मेरा पैर फिसला और लड़खड़ा कर, एक उचकी हुई, जंग लगी पटरी पर जा गिरा, पटरी मेरे गर्दन को चीरकर, मेरे गले की नसों को काटती हुई आर-पार हो गयी। मैं वहाँ तब तक तड़पता रहा, जब तक मेरे प्राण नहीं निकल गए।" कहते-कहते धनिराम ने अपना मुँह फाड़ा और उसका शरीर काँपने लगा। उसके अंदर से घरघराने की आवाज़ ऐसे आ रही थी जैसे उसके अंदर कोई आटे की चक्की को घुमा रहा हो। मैंने एक बार फिर से धनिराम को कसकर पकड़ लिया और पिटुआ से बिनती करते हुए कहा "पिटुआ मैं तुम्हारी तकलीफ़ समझता हूँ, लेकिन मुझे यह तो बताओ कि मैं तुम्हारे लिए क्या कर सकता हूँ?," रुदन करते हुए पिटुआ ने मुझसे कहा "मुझे इस नर्क में अब नहीं रहना, इस योनि से मुझे आप ही मुक्त करवा सकते हैं। मेरे शरीर को चूहे खा चुके हैं और अब वह मलबे में दबा हुआ है। आप उसे निकाल कर उसका संस्कार कर दीजिए। उधर मेरा संस्कार होगा और इधर धनिराम आज़ाद हो जाएगा!" इतना कह के धनिराम ने एक चीत्कार किया और फिर से अंधेरे में गुम हो गया।

मैं हतप्रभ-सा खड़ा सोचता रहा कि मैं क्या करूँ। उस टनल तक कैसे जाऊँ? जाऊँ भी की नहीं? अगर पिटुआ का शरीर नहीं मिला तो धनिराम को छुड़ाने का दूसरा रास्ता क्या होगा? यही सोचते-सोचते मैं उस मलबे के ढेर पर खड़ा हो गया जहाँ थोड़ी देर पहले मैं दबा हुआ था। मेरे पीछे से कुछ खरोंचने की आवाज़ आ रही थी, देखा तो, फटे कपड़ों में कोई औरत बैठकर मिट्टी खोद रही है। मेरी आहट सुनकर वह मेरी तरफ़ मुस्कुराते हुए मुड़ी, जैसे की उसकी कोई खोई हुई चीज़ मिल गयी हो। वह खोदते-खोदते कूदकर ठीक मेरे सामने आ गयी और वहाँ का मलबा हटाने लगी। तभी अचानक मेरे पैरों के नीचे का मलबा भरभरा कर टूटने लगा और मैं एक बड़े से गढ्ढे में

गिरता चला गया, जैसे कोई तहख़ाना हो। इस बार लगा कि मेरी मौत निश्चित है लेकिन मैं फिर से बच गया था।

कंधे से कोहनी तक बायाँ हाथ पूरा छिल गया था और थोड़ी देर बाद कनपटी पर भी जलन महसूस हुई। हाथ लगाया तो कनपटी से ख़ून निकल रहा था। सिर्फ़ बायाँ कंधा और हाथ ही नहीं बल्कि कनपटी भी बुरी तरह छिल गयी थी। मैंने अंधेरे में टटोला तो देखा कि मैं जिस चीज़ से टकराया था वह कोई पेड़ की टहनी जैसी चीज़ थी जो बहुत चुभ रही थी मुझे। तभी कोने में वही औरत खड़ी दिखाई पड़ी, हाथ उठाकर मेरी तरफ़ इशारा करते हुए उसने कहा "ओभीर बाबू! हमारा ख़ून हुआ है" और ग़ायब हो गयी। वह सुगंधा की आत्मा थी। मुझे समझ आ गया पिटुआ ने यहीं पर सुगंधा की लाश को दफ़नाया था और जो लकड़ी मुझे चुभ रही थी, जिसपर मैं बैठा हुआ था वह सुगंधा का कंकाल था। मुझे बहुत ज़ोर का रोना आ रहा था और मैं फूट-फूट कर रोया भी। अपनी हालत पर रोया, धनिराम के लिए रोया, सुगंधा के लिए रोया तो मन थोड़ा हल्का हो गया। फिर मैंने अपने आँसू पोंछे, सुगंधा के कंकाल को उठा कर जीप तक लाया और डिक्की में पड़ी बोरी में डाल दिया।

मैं रेल खण्डहर से तो बाहर आ गया था लेकिन अभी मुसीबत टली नहीं थी। अभी पिटुआ के बचे हुए अवशेष को भी ढूँढना था। एक लकड़ी में कुछ कपड़े बांध कर मैंने मशाल बना ली और जीप से थोड़ा पेट्रोल ले कर मैं रेल सुरंग में जाने के लिए तैयार हो गया। मेरी आँखों के आगे अंधेरा छाने लगा था लेकिन मुझे अपने आपको किसी तरह जगाए रखना था, धनिराम के लिए, ज्योति के लिए। उस कर्तव्य के लिए जिसकी मैंने शपथ ली थी। मेरे शरीर का बायाँ हिस्सा बुरी तरह ज़ख़्मी हो चुका था। थकावट से शरीर और हिम्मत दोनों ही टूट रहे थे। चलते-चलते मैं ठीक रेल सुरंग के सामने गिर गया, शरीर में जान नहीं थी, बस साँसें चल रही थीं।

सारी कहानी यहीं से तो शुरू हुई थी। क्या होगा इस काली गुफा के अंदर? घुप्प अंधेरे के अलावा कुछ भी नहीं दिख रहा था।" "फिर आपने बस्ती से किसी को मदद के लिए क्यों नहीं बुला लिया? या फिर पुलिस चौकी से ही बुला लेते" मैंने जीजाजी से कहा। "जब इंसान की हिम्मत टूट जाए तो उसे कुछ नहीं सुझता दिवाकर, मैं वैसे तो भगवान या भूत-प्रेत पर विश्वास नहीं करता था लेकिन बचपन में मेरे बाबूजी मुझे गीता पढ़ के सुनाते थे। युद्ध के शुरू होने से पहले अर्जुन ने श्रीकृष्ण से कहा -

वेपथुश्च शरीरे मे रोमहर्षश्च जायते
गाण्डीवं स्रंसते हस्तात्त्वक्चै व परिदह्यते
न च शक्नोम्यवस्थातुं भ्रमतीव च मे मनः

"मेरा सारा शरीर काँप रहा है, मेरे शरीर के रोएँ खड़े हो रहे हैं, मेरा धनुष गाण्डीव मेरे हाथ से सरक रहा है और मेरी पूरी त्वचा में जलन हो रही है। मेरा मन उलझ रहा है और मुझे घबराहट हो रही है। अब मैं यहाँ और अधिक खड़ा रहने में समर्थ नहीं हूँ" तब श्री कृष्ण ने कहा

देही नित्यमवध्योऽयं देहे सर्वस्य भारत
तस्मात्सर्वाणि भूतानि न त्वं शोचितुमर्हसि
स्वधर्ममपि चावेक्ष्य न विकंपितुमर्हसि
धर्म्याधि युद्धाच्छ्रेयोऽन्यत्क्षत्रियस्य न विद्यते
अथ चेत्त्वमिमं धर्म्यं संग्रामं न करिष्यसि
ततः स्वधर्मं कीर्तिं च हित्वा पापमवाप्स्यसि

"हे अर्जुन! शरीर में निवास करने वाली आत्मा अविनाशी है इसलिए तुम्हें किसी प्राणी के लिए शोक नहीं करना चाहिए। इसके अलावा, एक योद्धा के रूप में अपने कर्तव्य को समझते हुए, तुम्हें विचलित नहीं होना चाहिए। वास्तव में, एक योद्धा के लिए, धार्मिकता को कायम रखने के लिए लड़ने से बेहतर कोई कार्य नहीं है। यदि फिर भी तुम इस धर्म युद्ध का सामना नहीं करना चाहते तब तुम्हें निश्चित रूप से अपने सामाजिक कर्तव्यों की उपेक्षा करने का पाप लगेगा और तुम अपनी प्रतिष्ठा खो दोगे।"

धनिराम को सही सलामत रेल खण्डहर से बाहर निकालने के लिए अगर मुझे नर्क में भी जाना पड़ता तो मैं जाता, क्योंकि वह ना सिर्फ़ मेरा साला या हवलदार था बल्कि वह मेरा सबसे अच्छा दोस्त भी था, मेरा साथी और शायद यही कारण था कि मैं ऐसी हालत में भी उठकर सुरंग के अंदर अपने कर्तव्य का पालन करने के लिए चल पड़ा।

मशाल जलाकर मैं उस सुरंग में घुस गया। चमगादड़ों और उनके मल से भरा हुआ रेल सुरंग किसी नर्क से कम नहीं था। माँस सड़ने की तीखी बदबू श्वाँसनली में चुभ रही थी। कभी-कभी कोई जीव या कीड़ा, या फिर पता नहीं क्या, मेरे ऊपर रेंगता हुआ गिरता तो कभी मुँह मकड़ों के जालों में घुस जाता, मोटे बिजली के तार जैसे जाले। थोड़ी दूर चलने के बाद मैं सुरंग के बिल्कुल अंत पर पहुँच गया पर वहाँ अंधेरे में एक पुरानी ठंडी दीवार के अलावा और कुछ भी नहीं था। मशाल एक तरफ़ खोंस कर मैं पिटुआ के अवशेष को, घुटनों के बल बैठकर, ज़मीन में टटोल–टटोल के ढूँढने लगा। वहाँ बस मिट्टी और चमगादड़ के मल से बना हुआ कीचड़ था। पिटुआ का अवशेष तो क्या हड्डी या माँस का एक टुकड़ा भी नहीं मिल रहा था। सड़न और बदबू के मारे मेरा दम घुट रहा था कि अचानक ज़मीन से किसी के हाथ ने मेरे हाथ को पकड़ लिया। यह वही पागल बुड्ढा था, रेल-सुरंग की दीवार के से टेक लगा कर बैठा हुआ। लंबा क़द, पतले-पतले पैर, सर पर बाल नहीं, कूबड़ वाली पीठ और शरीर आगे की तरफ़ झुका हुआ, एक आँख और चेहरे का माँस गला हुआ और आखों ने नीचे हड्डियाँ दिख रही थीं। मेरे हाथ को पकड़ कर, उसी का सहारा लेकर, घिसटता हुआ, वह आदमी मेरे पास आने लगा। उसके शरीर में बिल्कुल भी जान नहीं बची थी, शायद वह आख़िरी साँसे गिन रहा था। वह मेरे चेहरे के बिल्कुल पास आया, उसके मुँह से सुरंग से भी बुरी बास आ रही थी, उसने मेरे हाथ जोड़े और घरघराते हुए गले से कहा "जहाँ पाप हो शून्य, वहीं पुण्य का स्रोत है। अंधेरा मिटता जहाँ वहीं ज्ञान की ज्योत है" उसने एक कोने की तरफ़ इशारा किया और वहीं ढेर हो गया। मशाल की रौशनी धीमी हो रही थी, सुरंग की दीवार की एक तरफ़ मैं

और दूसरी तरफ़ वह आदमी गिरा हुआ था। पता है दिवाकर वह वहाँ मेरी मदद करने आया था। शायद यही उसका पश्चाताप था" जीजाजी के चेहरे पर जीत वाली चमक थी, "कौन था वह?" मैंने जीजाजी से पूछा। "नहीं पता चला? सत्य अपना समय लेता है दिवाकर। कहानी को अंत तक आने दो सब दूध का दूध और पानी का पानी हो जाएगा। उसने रेल सुरंग के जिस कोने की तरफ़ इशारा किया था वहाँ एक उचकी हुई रेल की पटरी निकली हुई थी। यह वही पटरी थी जिससे पिटुआ की मौत हुई थी। मैंने अपने हाथों से वहाँ खोदना शुरू किया। थोड़ी ही देर में पिटुआ का गला हुआ नर-कंकाल मिट्टी से बाहर दिखने लगा, क्योंकि अभी बस एक पतली-सी मिट्टी की परत ही चढ़ी थी उसकी लाश पर, चूहे और चमगादड़ों ने उसका माँस पहले ही खा लिया था। इस तरह से पिटुआ और सुगंधा के कंकाल को लेकर मैं शमशान घाट पहुँचा और उनका अंतिम संस्कार किया।"

"उस लंबी रात के बाद, सुबह होने वाली थी, लेकिन अभी काम अधूरा था। इस आशा में कि जिस तरह से उनकी चिता की लपटें धीरे-धीरे सुबह की लालिमा में धूमिल हो रही थीं, मेरी और धनिराम के जीवन में आयी मुश्किलें भी अब धूमिल हो जाएँगी। मैं उनका अंतिम संस्कार करके धनिराम को बचाने वापस रेल लोकोमोटिव के खण्डहर की तरफ़ चल पड़ा। वहाँ पहुँच के देखा तो ..." जीजाजी चुप हो गए, मैंने कहा "क्या देखा?," "दिवाकर... धनिराम बाबू रेल खण्डहर के बाहर, नींद में हँस रहे थे, मानो कोई स्वप्नसुन्दरी इनके सपने में इनके साथ अठखेलियाँ कर रहीं हों। मैंने इन्हें जगाया, तो इन्होंने हमसे कहा "मेहमान! पिटुआ नहीं ना मिला? ई चोट कैसे लगा?... आप अकेले ही चले गए थे क्या? हमको यहीं छोड़ दिए? चलिए घर चलिए...लेकिन...देह बहुत टूट रहा है, ऐसा लग रहा है कोई बहुत मार मारा है हमको," धनिराम बोलता रहा लेकिन मैं उसका कोई जवाब नहीं दे पाया।

"जीजाजी और सब तो समझ आ गया लेकिन वह बूढ़ा आदमी कौन था? और आपकी मदद क्यों कर रहा था?" मैंने नोट बुक बंद करते हुए कहा। "दिवाकर! वह बूढ़ा आदमी पिटुआ का पिता था, डॉक्टर अरुण था, जो कौशल्या के श्राप के कारण अब तक भटक रहा था या यूँ कहो कि इतनी ऊँची दीवार से गिरने के कारण उसकी रीढ़ की हड्डी टूट गयी और फिर बिना इलाज और भुखमरी या हो सकता है किसी संक्रमण के कारण उसकी यह हालत हो गयी। एक आँख तो उसकी कौशल्या ने अपने हाथों से ही फोड़ी थी। अपने किए का पाश्चाताप उसने अपने और कौशल्या के बेटे का शरीर ढूँढने में मेरी मदद करके किया। सच है ना! इस दुनिया में हर किसी को अपने-अपने पाप और पुण्य का हिसाब देकर ही जाना पड़ता है।"

आख़िरी सच

मैं सारी कहानी सुन तो चुका था लेकिन पता नहीं क्यों मुझे अभीर सिंह की कहानी पर भरोसा नहीं हो रहा था। उस रात मेरे मन में कई सवाल उमड़-घुमड़ रहे थे। यह सारी कहानी मनघड़ंत भी तो हो सकती थी क्योंकि इसका कोई ठोस सबूत तो था नहीं, क्रॉस चेक किससे करूँ?

सुबह हुई, मैंने जीजाजी, धनिराम दा, दीदी और गुड़िया को अलविदा कहा। अपने सामान और एकतरफ़ा अनुभव के साथ मैं स्टेशन जा पहुँचा। मुझे बड़ा ही अटपटा लग रहा था क्योंकि जितनी भी घटनाएँ थीं सबका चश्मदीद गवाह तो बस एक ही था, ख़ुद अभीर सिंह और उसकी बात को कभी नहीं काटने वाला धनिराम, उसका साला, 'हिज पार्टनर इन क्राइम', कितनी संभावना थी कि अभीर सिंह की कहानी सच हो? मैं एक पत्रकार की तरह सोचने लगा।

स्टेशन की बेंच पर बैठे-बैठे यही सोच रहा था कि अचानक अनाऊँसमेंट हुई "पटना जाने वाली इंटरसिटी अधिक लेट होने की वजह से रद्द कर दी

गयी है," मैं सामान उठाकर स्टेशन के बाहर आ गया लेकिन दुबारा अभीर सिंह और उसके परिवार को परेशान करना मुझे ठीक नहीं लगा। इसलिए मैंने स्टेशन के बाहर खड़े एक रिक्शेवाले से पूछा "यहाँ आस-पास कोई होटल है?" मुझे ना की पूरी उम्मीद थी लेकिन रिक्शे वाले ने "हाँ" में सर हिलाकर मुझे अचंभित कर दिया। रिक्शे में बैठकर मैं एक बाज़ार में जा पहुँचा। बाज़ार में चहल-पहल थी और उससे भी कमाल की बात यह थी कि शहर का यह हिस्सा बिल्कुल जगमगा रहा था उससे ठीक विपरीत माहौल था जैसा मैं अभीर सिंह के घर के पास देखकर आया था। ख़ैर इसमें कोई बड़ी बात नहीं थी, हो सकता है उस तरफ़ नवीनीकरण ना हुआ हो। मेरे सामने एक मध्यमवर्गीय होटल था, अक्सर जैसा स्टेशनों के पास होता है। मैं उसमें चला गया।

मैंने होटल में एक कमरा ले लिया। कुछ करने को था नहीं। कहते हैं ना ख़ाली दिमाग़ शैतान का घर होता है, मेरे मन में बार-बार अभीर सिंह की कही हुई कहानी घूम रही थी और मेरा ख़ाली दिमाग़ उसमें त्रुटियाँ ढूँढ रहा था, वह भी बहुत बारीकी से। मैं नोटबुक के पन्ने पलटता रहा और उस पर लिखी बातों को बार-बार पढ़ता रहा। बस ऐसे ही थोड़ा काम किया और थोड़ा आराम किया। अगले दिन फिर सुबह ग्यारह बजे की इंटरसिटी पकड़नी थी तो मैं निश्चिंत होकर बाज़ार में घूमने चला गया। घूम के आया तो थक गया और मुझे नींद आ गयी। होटल वाले को खाने के लिए बोल दिया था, उसने नौ बजे मेरे कमरे का दरवाज़ा खटखटाया और तब मेरी नींद टूटी। मैंने खाना खाया और खिड़की के पास खड़े होकर सिगरेट पीने लगा। तभी मेरे साथ वो हुआ जो मैंने कभी सोचा भी नहीं था।

होटल के ठीक नीचे एक आदमी चाट वाले से बहस कर रहा था, चाट वाला अपनी दुकान लगभग उठा चुका था। उस आदमी का चेहरा मुझे जाना पहचाना लगा। यह आदमी और कोई नहीं बल्कि यह वही छाते वाले आदमी के जैसा लगा, वही 'साधुराम का भूत', जो दूध पहुँचने के बहाने अभीर सिंह के घर आया था। मैं थोड़े देर के लिए ज्यों का त्यों वहीं खड़ा रहा। स्पष्ट होने

के लिए मैं हड़बड़ा कर अपने कमरे से नीचे भागा। नीचे पहुँचा तो वह आदमी वहाँ से जा चुका था। मैंने उस चाट वाले से पूछा "भईया! यहाँ अभी एक आदमी था, कहाँ गया?," "बाबूजी, दिन भर पॉकेटमारी करता है और मुफ़्त में पकौड़ी माँगता है साला। एक नंबर का पियक्कड़ है, ठेके पर गया होगा और कहाँ जाएगा? आपका भी पॉकेट मारा क्या?," मैंने कहा "हाँ! ठेका किधर है?," उसने हाथ से इशारा करते हुआ कहा "बड़ी बाज़ार के पीछे एक गली है, उ गली देख रहे हैं ना, बस उसी के भीतर घुस जाइए, लेकिन ध्यान से जाइएगा।" इससे पहले की वह कुछ और बोलता मैं उसके बताए हुए डायरेक्शन में दौड़ पड़ा। अभीर सिंह की कहानी की एक नई परत उधड़ने वाली थी जिसका मुझे इंतज़ार था और इसे सामने से उधड़ते हुए देखने के लिए मैं आतुर हो रहा था।

अंधेरी गली में हल्की पीली रौशनी आ रही थी। गिरते-पड़ते मैं आगे बढ़ा और मेरे ठीक सामने एक गर्मी में उसनता हुआ शराब का ठेका था। उस दुकान के अंदर दस-बारह टेबल थे और हर टेबल के चारों तरफ़ लोग बैठकर खा पी रहे थे। उन टेबलों से लटकते हुए बल्ब के चारों तरफ़ सिगरेट के धुएँ के बादल उमड़-घुमड़ रहे थे और उस धुएँ की परत को चीरती हुई मेरी नज़र कोने में बैठे उस अंब्रेला मैन पर पड़ी। यह आदमी कोई भूत वूत नहीं था बल्कि एक पियक्कड़ था। मैं हैरान था। मैं उसके बाहर आने का इंतज़ार करने लगा।

क़रीब एक घंटे के बाद वह दुकान के बाहर आया और लड़खड़ाते हुए गली में चलने लगा। मैं भी उसके पीछे चलने लगा। शहर जितना छोटा हो उतनी ही जल्दी सो जाता है। सड़क पर लोग नहीं थे फिर भी मैंने उसे गली से बाहर निकलने से पहले ही झपटकर पकड़ लिया। उसने इतनी नहीं पी थी कि मुझे पहचान ना सके, उसने मुझे थोड़ी देर में ही पहचान लिया। मैंने मुस्कुराते हुए उससे कहा, "क्यों भाई साहब दूध बेचकर शराब पी जा रही है" मुझे देखते ही उसकी हवाइयाँ उड़ने लगी। उसने मुझे धक्का देकर भागने की कोशिश की तो मैंने ज़ोर से एक मुक्का उसके चेहरे पर मारा। वह वहीं ढेर हो

गया। मुझे समझ आ गया था कि अभीर सिंह और धनिराम ने मिलकर मुझे बेवक़ूफ़ बनाया था, आख़िर क्या वजह हो सकती थी ऐसे कहानी बनाने की? परत पर परत खुल रही थी।

उसे उठाकर मैं होटल ले आया और एक कुर्सी से बांध दिया। मुँह पर पानी मार कर मैंने उसे जगाया, "नाम क्या है? साधुराम या साधुराम का नक़ली भूत?" दो थप्पड़ में ही उसके मुँह से सच निकलने लगा, "गोपी .... मेरा ना गोपी है .. पिटुआ का दोस्त, मैंने कुछ नहीं किया, मेरा कोई क़ुसूर नहीं है साहब मुझे ऐसा करने के लिए मजबूर किया गया," "किसने मजबूर किया?" मैंने पूछा। "अभीर सिंह" गोपी ने कहा। मुझे अभीर सिंह का नाम सुनकर बहुत दुख हुआ, जिस इंसान की मैं इज़्ज़त करने लगा था उसने मेरे साथ विश्वासघात किया? शक तो था लेकिन हमारे जीजाजी ऐसे निकलेंगे यह नहीं सोचा था। आख़िर क्यों? यह सोचकर मुझे अपने ऊपर तरस आ रहा था। ज्योति... गुड़िया ..दादा इन सबको मैं परिवार मानने लगा था, क्या यह सब सच में उसके परिवार थे या यह भी भाड़े के टट्टू थे? मैंने अपना वॉयस रिकॉर्डर ऑन कर दिया और कहा, "सच सच बताओ और शुरू से बताओ!"

मैंने रिकॉर्डर गोपी की तरफ़ घुमाकर रख दिया और उसने बोलना शुरू किया, "जिस रात सुगंधा न्योते पर जा रही थी उस रात मैंने और पिटुआ ने मिलकर साहेब की गाड़ी का एक्सीडेंट किया ताकि हम उसे लूट सकें। गाड़ी सड़क से पलटकर पत्थर से टकराई और बंद हो गयी। साधुराम ज़ख़्मी होकर बेहोश हो गया, लेकिन इससे पहले कि हम गाड़ी तक पहुँचते वहाँ पुलिस की जीप पहुँच गयी। हम मौक़े के इंतज़ार में बैठे रह गए और बाज़ी कोई और ही मार गया।

सुगंधा गाड़ी में कराह रही थी और ड्राइवर अभी ख़ुद को सम्भाल ही रहा था कि धनिराम ने ड्राइवर के सर पर हथौड़े से कसके वार किया। बूढ़ा आदमी एक ही वार में ढेर हो गया। अभीर सिंह की नज़र पहले से ही सुगंधा पर थी, उसने जब सुगंधा को इस हालत में देखा तो उसके लिए तो यह मौक़ा नहीं बल्कि खरा सोना था। अभीर सिंह ने सुगंधा के साथ गाड़ी में ही बलात्कार

किया और जब सुगंधा ने ख़ुद को बचाने की कोशिश की तो उसी हथौड़े से मार-मार कर उसकी जान ले ली। पूरी गाड़ी खून से रंग गयी।

वह सुगंधा को मार के उसकी लाश को घसीट कर रेल खण्डहर की तरफ़ ले जाने लगा। मगर बदक़िस्मती से उसकी नज़र हम पर पड़ गयी। मैं भाग निकला लेकिन पिटुआ पकड़ा गया, बचपन में भी वही पकड़ा जाता था और मैं भाग निकलता..." गोपी बोलते-बोलते रोने लगा और फिर रोते-रोते बोलता रहा, "अभीर सिंह ने पिटुआ को गोली मारकर वहीं सारा खेल ख़त्म कर दिया। मैं दूर से छिप के सब देखता रहा साहेब। अभीर ने सुगंधा की लाश को रेल खण्डहर में छिपाया और धनिराम ने पिटुआ की लाश को रेल सुरंग में।

मैं छोटा-मोटा पॉकेटमार था साहेब और मुझे इन सब पचड़े में नहीं पड़ना था इसलिए मैं छिप के रहने लगा लेकिन कब तक छिपता। एक दिन अभीर सिंह ने मुझे पकड़ ही लिया। पूरे दो दिन तक पुलिस मुझे मारती रही। साहब ने मुझे बहुत पीटा। मैंने डर के मारे कहा कि वह जैसा कहेंगे मैं वैसा ही करूँगा। तब उन्होंने मुझे सुगंधा और पिटुआ के भूत की कहानी सुनाई। मैं लोगो को यही बतलाता गया कि अभीर सिंह ने रेल खण्डहर को भूत-प्रेत से आज़ाद करवा दिया। उन बेचारों को तो पता भी नहीं की वह ख़ुद कितना बड़ा राक्षस था। लेकिन इससे मुझे क्या? मैं तो अपने बचने पर खुश था और चुप था। फिर एक दिन पता चला कि आप आए हैं। तो आपको डरा के भागने के लिए मुझे साधुराम का भूत बनने के लिए कहा। मैंने ठीक वैसा ही किया। उस रात सिगरेट में नशाखुरानी मैंने ही किया था। तभी आप घास में बेहोश पाए गए थे और अभीर सिंह के आते ही मैं वहाँ से निकल गया।

"तुम्हें तो भगा दिया लेकिन जल्दी में चाय की प्यालियाँ हटाना भूल गए...देखो! गोपी! जितना झूट बोलना था तुमने बोल दिया, अब तुम वही कहोगे जो मैं कहूँगा। सिर्फ़ सच और कुछ भी नहीं। चुपचाप यहीं बैठे रहना, भागने की कोशिश भी मत करना" यह कहते ही मैंने उसे कमरे में लॉक कर दिया और होटल के नीचे वाले पी.सी.ओ बूथ से एक फ़ोन लगाया, कमिश्नर

ऑफ़ पुलिस, पटना को। आख़िरकार पत्रकारिता कब काम आती, मेरी उनसे निजी तौर पर पहचान थी। मैंने उनको सारी बात शुरू से लेकर अंत तक समझायी, पूरे छत्तीस मिनट तक हम बात करते रहे। सुबह होने ही वाली थी, मैं होटल के सामने एक मैदान में जाकर सो गया क्योंकि कमरे में जाना मुझे ठीक नहीं लगा, गोपी आख़िरकार था तो क्रिमिनल ही, ख़ुद को बचने के लिये वह कुछ भी कर सकता था।

जैसाकि मैंने पहले भी कहा है की हर अंधेरी रात अपने साथ एक उजला सवेरा लेकर आती है और ठीक वैसा ही हुआ। सुबह मैं आँखें मलते हुए होटल के पास पहुँचा तो देखा कि कुछ पुलिस वाले होटल में पूछताछ कर रहे हैं। मैं समझ गया कि मेरा फार्मूला काम कर गया है, थैंक्स टू कमिश्नर साहब। गोपी ने अपना बयान दिया और फिर आगे की बात तो आप समझ ही गए होंगे।

'हम अगर मुसीबत का सामना करना सीख लें तो उसका भय समाप्त हो जाता है और जिस पल भय समाप्त होता है, हम उसके समाधान की तरफ़ बढ़ने लगते हैं.....', लेकिन अभीर सिंह समाधान की तरफ़ नहीं अपराध की तरफ़ बढ़ गया था जबकि उसका काम अपराध को ख़त्म करना था। समाधान जो भी हो अनैतिक नहीं होना चाहिए। अभीर सिंह और धनिराम ने कुकर्म करने के बाद क़ानून से बचने के लिए एक कहानी बनाई, रेल लोकोमोटिव के भूत की कहानी, जिसकी अफ़वाहें पहले से थी। इसका सहारा लेकर उसने अपने मंसूबे पूरे किए और सिर्फ़ अपने प्यारे से परिवार को ही नहीं बल्कि पूरे समाज को ही बेवक़ूफ़ बनाया।

ख़ैर! मैं इंटरसिटी पकड़ने स्टेशन की तरफ़ चल पड़ा और उधर अभीर सिंह और धनिराम जेल की तरफ़ रवाना हुए। बस एक बात साफ़ नहीं हुई कि भूत प्रेत होते हैं या नहीं, या सिर्फ़ उनकी कहानियाँ होतीं हैं। वैसे अभीर सिंह ने एक बात तो सही कही थी की भूत-प्रेतबाधा यह सब अपने ही कर्म होते हैं जो हमें अपनी सही जगह पर पहुँचा देते हैं और दुनिया के सामने आता है हमारा 'आख़िरी सच'।

■■■